남방 우편기
Courrier Sud

한국어판 (c) 현대문화센타, 2008, printed in Seoul, Korea

남방 우편기

생텍쥐페리 지음 · 배영란 옮김 · 이림니키 그림

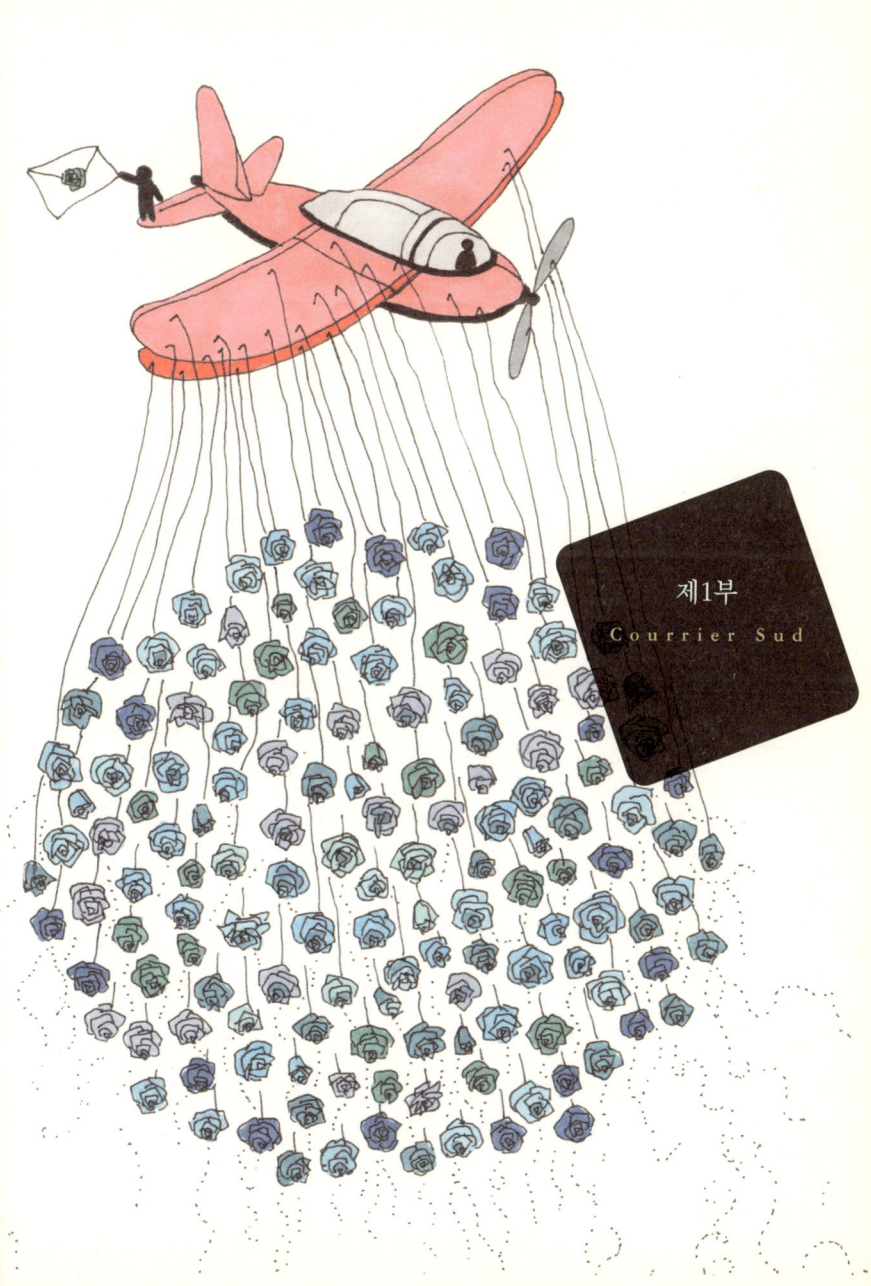

제1부
Courrier Sud

1.

무전: 현재 시각 6시 10분. 여기는 툴루즈. 각 기항지 공항에 알림. 프랑스발 남아메리카행 우편기, 5시 45분 툴루즈 출발. 이상.

물처럼 맑은 하늘이 별들을 목욕시켜 내보냈다. 이어 밤이 찾아왔다. 달빛 아래로 사하라는 모래 언덕들을 굽이굽이 펼쳐보였다. 우리 이마 위를 비추던 달빛은 형체를 보여준다기보다는 그것들을 빛어놓고 각각의 사물에 부드러움을 더해주듯 비춰주고 있었다. 귀가 먹먹한 소리를 내며 지나가는 우리의 발아래로 두텁게 쌓인 모래는 황홀경을 자아냈다. 그리고 작열하는 태양의 중압감에서 벗어난 우리는 머리를 드러낸 채 걸어가고 있었다. 이런 곳에서 밤이란 평안한 집과 같다…….

하지만 이 평화로움이 언제까지 지속될 수 있을까? 무역풍은 쉴 새 없이 남쪽으로 불어댔고, 비단천이 내는 소리와 함께 해변을 휘젓고 있었다. 방향을 바꾸어 결국 소멸하고 마는 유럽대륙의 바람과는 달리 이곳 바람은 질주하는 특급열차에 맞부딪치는 바람처럼 거세게 우리들 머리 위로 몰아쳐 갔다. 이따금씩은 밤바람이 너무 세게 몰아쳐서 우리는 머리를 북쪽에 둔 채 이들에게 몸을 내맡기고는 했다. 그럴 때면 알 수 없는 어딘가로 떠밀려 가는 듯한, 또 한편으로는 어두컴컴한 목적지를 향해 그 바람을 거슬러 올라가는 듯한 느낌이 들기도 했다. 그러나 바람이 거셀수록 그만큼 불안감도 커져갔다.

그래도 태양은 돌고 돌아 다시 날이 밝아왔다. 무어인(Moors: 마우레인 또는 모르인. 8세기경에 이베리아 반도를 정복한 이슬람교도를 막연히 부르던 말. 11세기 이후 북아프리카나 아시아의 이슬람교도를 뜻하는 말로 쓰였다가 15세기경부터는 회교도를 이르는 말.)들은 소동을 별로 부리지 않았다. 대담하게도 스페인 요새까지 접근했던 이들은 자신들의 소총

을 장난감처럼 갖고 놀았다. 불귀순 부족(不歸順 部族: 정부에 대한 반항심으로 복종이나 순종을 하지 않는 부족.) 사람들이 자신들의 신비로 움을 상실한 채 단역배우의 연기를 하는 것, 그게 바로 무대 뒤에서 바라본 사하라 사막의 모습이었다.

비좁은 곳에서 우리는 극히 한정된 스스로의 이미지와 마주한 채 살아가고 있었다. 따라서 우리는 사막에 고립되어 있다는 걸 알 수가 없었다. 우리는 집에 돌아가고 나서야 비로소 우리가 그동안 얼마나 멀리 떨어져 있었는지 제대로 깨달을 수 있었다.

무어인들의 포로이자 스스로의 포로였던 우리는 500m 반경을 좀처럼 넘어가는 법이 없었다. 그곳을 넘어서부터는 불귀순지역이 시작됐기 때문이다. 우리와 가장 인접해 있는 이웃이라고 해도 700km 떨어져 있는 시스네로스와 1,000km 정도의 포르에티엔에 있는 사람들이었다. 그러나 그들 역시 모암(母巖)에 박혀 있듯 사하라 사막에 꼼짝없이 갇혀 있는 신세였다. 우리는 저들의 고상한 버릇이나 별명으로써 저들을 알고 있었으나, 저들과 우리 사이에는 유인 행성 사이에서와 같은 두터운 침묵이 가로 놓여 있었다.

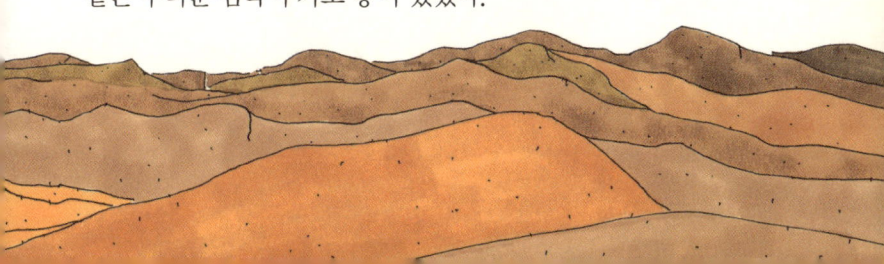

오늘 아침, 우리에게 있어 세상이 다시 꿈틀대기 시작했다. 무선사가 우리에게 전보 한 통을 전해주었던 것이다. 모래 위에 심어져 있던 두 개의 안테나는 일주일에 한 번씩 우리를 바깥세계와 이어주고 있었다.

무전: 5시 45분, 툴루즈를 출발한 프랑스—남아메리카행 우편기, 11시 10분 알리칸테 통과. 이상.

시발점인 툴루즈에서 전해온 소식이었다. 그 소식은 멀리서 들려오는 신의 목소리와 같았다. 이 소식은 불과 10분 만에 바르셀로나, 카사블랑카, 아가디르를 거쳐 우리에게 전달되었고, 그다음은 우리를 거쳐 다카르에까지 퍼져 나갔다. 5,000km 노선 상의 각 비행장에는 비상이 걸렸다. 저녁 6시의 무전에서 우리는 다음과 같은 전신을 받았다.

무전: 우편기, 21시에 아가디르에 착륙. 21시 30분 쥐비 곶(串)으로 다시 출발. 쥐비 곶에는 조명탄을 이용해 착륙. 쥐비 비행장은 평상시와 같이 점등할 것. 아가디르와 항시 연락을 취할

것. 이상, 툴루즈.

사하라 사막 한가운데에 고립되어 있던 쥐비 곶 관측소에서, 우리는 멀리 날아가는 혜성(비행기를 말함: 역주) 하나를 쫓아가고 있었다.

저녁 6시경, 이제는 남쪽이 시끄러워졌다.

무전: 여기는 다카르. 포르에티엔, 시스네로스, 쥐비에 알림. 우편기의 소식을 긴급 통보바람.

무전: 여기는 쥐비. 시스네로스, 포르에티엔, 다카르에 알림. 11시 10분, 알리칸테 통과 후 소식 없음.

어딘가에서 비행기 한 대가 굉음을 내고 있었을 것이다. 툴루즈에서 세네갈까지, 그 소리를 듣기 위해 모든 사람이 귀를 쫑긋 세우고 있었다.

2.

툴루즈. 05시 30분.

공항 차량이 격납고 앞에 이르러 갑자기 멈춰 서자, 비바람으로 뒤범벅이 된 그 밤, 어둠 속에서 문이 열렸다. 500촉광의 전구들이 모든 사물들을 진열장에서처럼 또렷하고 정확하게, 그러면서도 딱딱하게 비추고 있었다. 둥근 천장 아래에서 한 마디 한 마디 내뱉을 때마다 그 말들은 주변으로 울려 퍼지고 잠시 자리에 머물렀다가 침묵을 실어다주었다.

번쩍이는 비행기 기체와 기름때가 끼지 않은 엔진 등 마치 비행기는 새것 같았다. 정비공들은 발명가와 같은 손길로 이 섬세하고도 정밀한 기계를 꼼꼼히 살펴보고는 이제 막 기체(機

體)에서 물러섰다.

"빨리 빨리 움직여요, 여러분, 어서 서두르라고!"

우편물을 잔뜩 실은 행낭이 비행기 화물칸의 배를 안쪽부터 채워갔다. 담당자는 빠르게 우편물을 확인한다.

"부에노스아이레스…… 나탈…… 다카르…… 카사…… 다카르…… 서른아홉 자루, 맞습니까?"

"맞습니다."

조종사가 옷을 입는다. 몇 겹의 스웨터, 목도리, 가죽 오버롤즈, 모피로 안을 댄 장화. 잠이 덜 깬 그의 몸이 무겁다. 누군가가 그에게 재촉한다.

"자, 어서 서두르라고!"

두터운 장갑 속에 꽁꽁 언 손가락을 오그라뜨려 넣고는 손에 시계, 고도계, 지도 등을 잔뜩 쥔 채, 그는 굼뜨고 어설프게 조종석까지 기어들어간다. 어딘가 불편한 잠수부 같은 모습이었다. 하지만 일단 조종석에 앉게 되면, 모든 것이 편안해진다.

정비공 한 명이 올라와 그에게 말한다.

"630km."

"좋소, 탑승객은?"

"세 명."

그는 탑승객들을 쳐다보지도 않은 채 이들에게 지시를 내린다.

비행장 내 주임이 직원들을 향해 돌아섰다.

"누가 이 엔진 덮개에 쐐기 못을 박았나?"

"제가 그랬습니다."

"벌금 20프랑이네."

비행장 내 주임이 마지막 점검을 한다. 발레 공연에서처럼 모든 것이 규칙적이어야 한다. 항공기는 이 격납고 안에서도 정확히 제 위치에 있어야 하며, 앞으로 5분 후에는 저 하늘에서도 정확히 제 위치에 있어야 한다. 비행은 배가 출항할 때와 같이 잘 계산된다. 제대로 박혀 있지 못했던 이 쐐기 못은 명백한 실수이다. 기항지에서 기항지를 거쳐 부에노스아이레스나 칠레의 산티아고까지 날아가는 비행 여정이 우연의 결과가 아닌 치밀한 계산의 결실이 되기 위해서는 정확한 눈썰미와 500촉광짜리 전구 등 이 모든 엄격함이 선행돼야 한다.

이렇게 점검을 거치고 나면 폭풍우가 몰아치거나 짙은 안개가 깔리고 회오리가 몰아치며, 비행기 날개가 흔들리거나 설사 기체의 예측 못 할 결함이 발생한다 해도, 이 비행기는 먼저 출발한 급행열차나 특급열차, 또는 화물열차, 증기기관차를 따라잡고 추월하고 완전히 제쳐버릴 수 있게 된다. 그리고 기록적인 시간으로 부에노스아이레스나 칠레의 산티아고에 도달하는 것이다.

"출발!"

조종사 베르니스에게 종이 한 장이 쥐어진다. 앞으로 그가 벌이게 될 전투 계획서이다. 베르니스는 읽어 내려간다.

'페르피냥의 날씨는 바람 한 점 없이 맑음. 바르셀로나는 폭풍, 그리고 알리칸테는······.'

툴루즈. 5시 45분.

힘찬 바퀴의 움직임이 굄목을 찍어 누른다. 프로펠러가 일으키는 바람으로 20m 뒤쪽까지 풀들이 뒤로 젖혀지며 물살을 일으킨다. 베르니스는 단 한 번의 손목 움직임으로도 폭풍을 일으키거나 제압할 수 있다.

이제 엔진 소리가 점점 더 커진다. 반복적으로 커져가는 소리는 점점 고체에 가까운 환상(環象)을 만들어내며 공간을 가득 메워 기체(機體)를 에워싼다. 조종사는 그때까지 채워지지 않던 무언가가 메워짐을 느끼고는 '이제 됐어.' 하고 생각한다. 이어 빛을 등지고 곡사포처럼 하늘로 뻗어 있는, 시커먼 엔진 덮개를 바라본다. 프로펠러 너머로 새벽 풍경이 떨린다.

바람을 안고 천천히 비행기를 몰다가, 그는 가스핸들을 몸 앞으로 잡아당긴다. 비행기는 프로펠러에 이끌려 빠른 속도로 내달린다. 대기 중에서 탄력을 받아 생긴 기체(機體)의 흔들림은 점점 약해지고, 마침내 지면이 팽팽해지는 게 느껴지더니 컨베이어 벨트 같은 바퀴 밑에서 반짝거린다. 조종사는 이제 공기를 가늠해본다. 처음에는 느낄 수 없던 공기가 다음에는 액체로 느껴지고 이제는 고체가 된 듯 판단되면, 조종사는 거기에 의존하여 위로 올라간다.

활주로 옆에 늘어선 나무들이 자취를 감추면서 지평선이 드러난다. 200m 상공에서 어린아이 장난감 같은 목장, 곧게 뻗은 나무들, 형형색색의 집들이 내려다보이고, 숲은 두터운 모피옷을 두르고 있는

형상이다. 대지에서는 사람의 흔적이 느껴진다…….

베르니스는 등을 굽히고 팔꿈치의 제 위치를 찾아본다. 안정적인 자세를 취하기 위해서다. 낮게 뜬 구름들은 철도 역사의 어두컴컴한 구내처럼 툴루즈를 덮고 있다. 그가 손의 힘을 서서히 빼며 저항을 줄이자 비행기는 상승하기 시작한다. 손목 한 번의 움직임으로 베르니스는 자신을 들어 올리고는 그의 몸 안에서 파장처럼 퍼져 나가는 각각의 파동을 일으킨다.

다섯 시간 후에는 알리칸테, 오늘 저녁에는 아프리카다. 베르니스가 생각하는 꿈의 여정이다. 그는 편안한 마음으로 생각에 잠긴다. '모든 게 정리됐다.' 어제 그는 야간급행을 타고 파리를 떠나왔다. 정말 이상야릇한 휴가였다. 파리에서의 휴가는 얽히고설킨 회상들이 어렴풋이 남아 있고, 그는 이 때문에 우울한 생각이 들었지만 이제 모든 것을 남겨두고 떠나왔다. 마치 모든 게 자기와는 아무 상관없이 흘러가기라도 할 것처럼 말이다. 현재로서 그는 밝아오는 새벽과 함께 다시 태어나는 기분이었고, 스스로가 이 하루를 만들어가는 조력자로 느껴졌다. 그는 다시 생각에 잠겼다. '나는 그저 한 사람의 노동자에 지나지 않아. 아프리카 우편물을 전달해주는 사람일 뿐이지.' 하루하루 세상을 건설하기 시작하는 노동자에게 있어 세상은 매일매일 시작된다.

'모든 게 정리됐다…….' 아파트에서의 마지막 날 저녁, 신문들은 쌓인 책 더미 곁에 접어두었고 편지들은 태워 없애거나 정리해 두었다. 그리고 세간들은 천으로 덮어놓았다. 모든 게 커버로 뒤덮이고 일상 속 쓰임새를 잃어버린 뒤 공간 속에 배치됐다. 이 가슴속 동요는 더 이상 의미가 없었다.

그는 여행이라도 떠나는 듯 그 다음 날을 위한 모든 준비를 마쳤다. 그리고 이튿날 아침 미국에라도 가는 듯이 열차에 올라탔다. 아직 마무리되지 않은 일들이 그를 옭아매는 것 같았다. 갑자기 그는 자유로운 몸이 됐다. 베르니스는 스스로가 그토록 얽매인 곳 없이 죽음 앞에 무력한 존재라는 사실을 깨닫고는 두려움마저 느꼈다.

그의 아래로 비상 기항지 카르카손이 지나간다. 얼마나 질서 정연한 세계인가. 고도 3,000m 상공에서 내려다보는 세상은 마치 상자 속에 차곡차곡 들어 있는 목장처럼 잘 정리된 모습이다. 집들도, 운하도, 도로도, 모두가 인간의 장난감 같다. 네모반듯하게 구획이 나뉘어져 있는 세상. 그곳에는 각각의

들판이 울타리 속에 들어 있고, 공원은 담장으로 구분되어 있었다. 어느 잡화상 여인이 자신의 할머니가 살았던 삶을 그대로 되풀이하는 카르카손. 울타리 속에 갇혀 소박한 행복을 추구하며 살아가는 곳. 그들의 진열장 속에는 인간들의 장난감이 잘 정돈되어 있다.

너무 늘어놓고, 너무 펼쳐놓은 진열장 속의 세상, 돌돌 말린 지도 위에 잘 정돈되어 있는 마을 등, 느릿느릿 움직이는 대지는 파도가 밀려오듯 정확하게 이 같은 모습을 가져다 보여준다.

그는 스스로가 혼자라고 생각한다. 고도계 표시판에 태양이 반사된다. 싸늘하지만 반짝이는 태양이다. 방향타간(方向舵桿)을 한 번 작동시키자 전체 풍경이 방향을 바꾼다. 광물성 대지 위를 비추는 광물성 빛. 살아 있는 것들의 부드러움과 연약함과 향기를 빚어내는 모든 것들이 사라진다.

그럼에도 불구하고 이 가죽재킷 속에는 따뜻하고 연약한 베르니스의 육신이 들어 있다. 그리고 두터운 장갑 속에는 손등으로 주느비에브, 당신의 얼굴을 부드럽게 어루만졌던 손이 들어 있다…….

어느덧 스페인 국경이다.

3.

자크 베르니스, 자네는 오늘쯤 내 집 드나들 듯 편안한 마음으로 스페인을 지나가겠지. 낯익은 풍경들이 하나하나 펼쳐질 걸세. 비록 폭우가 몰아쳐도 여유 있게 헤쳐 나가겠지. 자네에게 바르셀로나, 발렌시아, 지브롤터가 다가왔다가 휩쓸리듯이 사라져 갈 거야. 모든 것이 순조롭게 풀려 나가겠지. 둘둘 말린 지도를 펼칠 거고, 끝난 일은 뒤로 가서 차곡차곡 쌓일 걸세. 하지만 나는 자네가 이 일을 처음 시작하던 시절을 기억하고 있네. 자네가 첫 우편 비행을 하기 전날 밤, 내가 자네에게 마지막으로 어떤 조언을 해줬었는지도 기억하고 있지. 그날 새벽, 자네는 품안 가득 사람들의 속 깊은 사연을 떠안아야 하는 처지였지. 자네의 연약한 그 품안에 말이야. 무수한 함정들을 지나 외투 속에 보물을 감추듯 사람들의 사연들을 끌어안고 실어 나르는 게 자네의 역할이었어. 우편물은 귀중한 거라고, 사람들은 자네에게 우편물은 목숨보다 더 귀중한 거라고 말했었지. 무척이나 연약한 존재이기도 했어. 자칫 잘못하면 화염에 휩싸일 수도 있고, 바람에 뒤덮일 수도 있었으니까. 자네에게 잔뜩 기합이 들어가 있던 그날 밤을 기억하네.

"그리고 그다음엔?"

"페니스콜라의 해변에 닿아야 해. 그러나 그곳에서는 어선들을 조심하게."

"그다음엔?"

"그다음에 발렌시아까지 가는 동안에 비상 착륙장이 보일 거야. 여기다가 빨간색으로 표시를 해주지. 다른 방법이 없을 때는 물이 말라버린 개천에 착륙하게."

이 녹색 램프 아래에 펼쳐진 지도를 들여다보자 자네는 마치 중학교 시절로 되돌아간 기분이었지. 그러나 오늘 밤 선생은 대지의 각 지점을 가리키며 생생한 비밀들을 들추어내고 있었고 말이야. 그건 죽은 숫자의 나열이 아니었어. 어디쯤 큰 나무가 있으니 이것만 조심하라는 설명과 함께, 꽃이 핀 들판이 생생하게 다가왔고, 땅거미가 내려앉으면 어부들을 조심하라는 설명과 함께 모래가 깔린 실제 해변이 머릿속에 그려졌었지.

자크 베르니스, 자네는 이미 알고 있었다네. 그라나다나 알메리아, 알람브라니 이슬람 사원이니 하는 것에 대해서는 잘 모를 테지만 작은 시냇물과 오렌지 농장 등이 지닌 소박한 비밀만은 알게 될 것이라는 것을 말이야.

"내 말을 잘 듣게. 날씨가 좋으면 곧장 가는 거야. 하지만 날씨가 좋지 않아 낮게 날게 되면 왼편으로 돌아서 이 계곡을 따라가게."

"이 계곡 속으로 들어간다······."

"바다를 만난 뒤에는 이 언덕을 따라가도록 해."

"바다를 만난 뒤에는 이 언덕을 따라간다······."

"그리고 엔진이 부딪히지 않도록 신경을 쓰게. 깎아지른 절벽과 튀어나온 바위투성이니까."

"만일 엔진이 말을 듣지 않으면 어떻게 해야 하지?"

"요령껏 빠져나오게."

베르니스는 미소를 지었다. 젊은 조종사란 상상력이 풍부한 법이다. 바위 하나가 새총으로 날린 것처럼 날아와 그의 숨통을 끊어놓을 수도 있다고 생각한다. 하지만 어린아이가 뛰어나올 때에는 한 손으로 아이의 정면을 가로막아 아이를 멈춰 세워 넘어뜨릴 수도 있다.

"아니야, 괜찮아. 사람들은 요령껏 빠져나온다고."

그래서 베르니스는 이런 가르침을 뿌듯하게 생각했다. 어린 시절에 읽었던, '에네이드(Aeneid: Aeneas의 유랑을 읊은 서사시-역주)'는 죽음에 이르렀을 때 살아남을 수 있는 비결을 단 한 가지도 알려주지 못했었다. 스페인 지도를 짚어가며 설명하던 선생님의 손가락도 지하 수맥을 찾아내는 사람의 손가락은 아니라서 보물도, 함정도, 하다못해 목장을 지키는 양치기 소녀조차도 가르쳐주지는 못했다.

기름 빛이 흘러나오던 램프는 은은한 빛을 발했다. 그 부드러운 황금빛 기름 어망은 바다를 잠재우는 힘이 있었다. 밖에는 바람이 불고 있었고, 이 방은 세상의 한가운데 떠 있으면서 선원들이 묵어가는 외딴 섬 같았다.

"포트와인 한잔 할까?"

"좋아!"

조종사의 방은 언제라도 떠날 수 있는 여관방 같았고, 자네는 다시 보금자리를 마련해야 할 때가 많았지. 회사에서는 우리에게 전날 밤이 되어서야 다음과 같이 통보하곤 했었거든.

"아무개 조종사는 세네갈로, 아무개 조종사는 미국으로 전근을 명함……."

그러면 통보를 받은 조종사는 그날 밤으로 자신을 둘러싸고 있던 모든 관계를 끊고, 나무 상자에 못을 박고, 자기 방에 있던 사진과 책들을 모두 손수 걷어낸 뒤, 유령이 왔다간 것보다 더 흔적을 남겨놓지 말아야 했네. 때로는 그날 밤 품에 안긴 여인의 두 팔을 풀어놓아야 할 때도 있지. 여인들은 타일러봐야 아무 소용이 없고 이성적으로 이해시키려 해서는 힘들기 때문에 그냥 그저 지쳐 떨어지길 기다려야 할 때도 있었지. 그런 다음 새벽 3시쯤 되면 포근한 잠에 빠져든 여인을 살그머니 내려놓고 빠져나와야만 했네. 이별에 체념하는 것이 아니라 자신의 극심한 슬픔을 받아들이는 셈이었지. 그리고는 자신에게 타이르고는 했지. '저 봐, 우는 것을 보니 이제 체념한 모양이군.' 하고 말이야.

자크 베르니스, 자네는 그 후 수년 동안 세상을 떠돌아다니면서 무엇을 배웠는가? 조종술을 배웠나? 조종사는 단단한 수정에 구멍을 뚫으면서 천천히 전진하는 것이라네. 하나의 마을을 지나가

면 또 다른 마을이 나타나고, 마을에 대해 실질적으로 알기 위해서는 그곳에 착륙해야 하지. 이제 자네는 이 같은 재산이 그저 주어지기만 할 뿐이며, 바닷물에 씻기듯 세월에 씻겨 없어지기 마련이라는 것을 알고 있지. 그러나 처음 몇 번의 비행을 마치고 돌아오면서 자네는 스스로가 어떤 사람이 되었다고 생각했나? 어찌하여 순수했던 어린 시절의 환영에 비춰보고 싶어했던 것인가? 자네는 첫 번째 휴가를 받았을 때 나를 중학교로 끌고 갔었지. 베르니스, 나는 이 사하라 사막에서 자네가 비행기로 지나가기를 애타게 기다리면서, 우리의 어린 시절을 찾아갔던 그날을 우울하게 회상해 본다네.

소나무 숲 사이에 하얀 기숙사 건물, 창문에 하나둘 불이 켜졌지. 그때 자네는 내게 이렇게 말했지.

"여기가 우리가 처음으로 시를 쓰며 공부하던 교실이지."

우리는 아주 먼 곳에서 돌아온 길이었다. 우리들의 무거운 외투는 온 세상을 누비며 다녔고, 우리의 마음속에는 방랑자의 영혼이 잠들지 않고 깨어 있었다. 입을 꼭 다문 우리는 손에 장갑을 끼고, 든든한 채비를 하고서 미지의 도시로 들어갔다. 수많은 사람들이 우리를 스쳐갔지만, 우리와 부딪치지는 않았다. 카사블랑카나 다카르 같은 낯익은 도시에 갈 때는 흰색 플란넬 바지와 테니스 셔츠를 입었으며, 탕헤르에서는 모자도 쓰지 않고 활보했다. 잠자는 듯 조용한 이 작은 도시에서는 무장이 필요하지 않았기 때문이다.

우리는 사나이다운 근육을 자랑하며 씩씩한 몸으로 돌아왔다. 싸움도 해봤고, 고생도 해봤으며, 끝이 안 보이는 대지도 가로질러봤고, 몇몇 여자들과 사랑을 나누기도 했으며, 때로는 목숨을 하늘의 운명에 맡기기도 했었다. 벌서기나 방과 후 생활지도 등 우리의 어린 시절을 지배했었던 이 두려움을 그저 날려버리기 위해서이기도 했고, 토요일 저녁의 성적발표를 태연하게 들을 수 있기 위해서이기도 했다.

우리가 들어서자, 처음에는 현관에서 속삭이는 소리가 들리더니 이어 이름을 부르는 소리, 그러고 나서는 노인들의 허둥대는 소리가 들려왔다. 그들은 황금색 램프 빛을 온몸에 받으며, 양피지 같은 창백한 뺨에 늙어버린 얼굴로 우리에게 다가왔다. 그러나 눈빛만은 기쁨과 반가움으로 몹시 반짝이고 있었다. 그분들이, 우리가 변했다는 것을 벌써 눈치 채고 있다는 사실을 한눈에 느낄 수가 있었다. 졸업생들은 으레 앙갚음이라도 하듯 묵직한 발걸음으로 모교를 방문하곤 한다.

사실 그분들은 나의 세찬 악수에도, 자크 베르니스의 날카로운 눈길에도 전혀 놀라지 않았고, 당연한 듯이 우리를 어른 대하듯 대해주셨다. 그리고 서둘러 오래된 사모스 포도주 병을 가지고 오셨다. 우리 앞에서 한 번도 말도 꺼내지 않았던 술을 말이다.

우리는 저녁 식사를 하기 위해 식탁에 둘러앉았다. 그분들은 난롯가에 둘러앉은 농부들처럼 전등갓 아래로 바짝 붙어 앉으셨다. 그 모습을 보면서 우리는 그분들이 많이 약해졌다는 것을 느낄 수 있었다. 예전에는 게으름 피우면 나쁜 사람, 가난한 사람이 된다고 가르치셨던 그분들이 이제는 그게 유년기의 치기 어린 잘못일 뿐이라며 이에 대해 관대해지셨기 때문이다. 그러면서 이를 웃어넘기셨다. 또한 우리의 자존심에 대해서도 그때는 그렇게 열심히 이를 억누르려 하셨던 분들이 이제는 '고상한 성품'이라며 칭찬해주고 계셨다. 심지어 철학 선생님께서는 속내까지 털어놓으셨다.

어쩌면 데카르트는 아마도 논점 선취의 오류를 바탕으로 그의 모든 철학 이론을 도출했을 것이라고 인정하시는 것이었다. 파스칼? 파스칼의 학설은 잔혹하다고 하셨다. 그렇게 고심했건만, 인간의 자유라는 케케묵은 문제를 해결하지 못한 채 세상을 떠났다고 말씀하셨다. 그리고 텐(Hippolyte-Adolphe Taine, 프랑스의 실증주의 철학자)의 결정론에 빠져서는 안 된다고 입이 닳도록 애쓰시던 그분이, 이제 학업을 마치고 학교를 떠나려는 학생들에게 니체보다 더 위험한 적은 없다고 하시던 그분이, 정작 당신 자신은 니체에게 비난받아 마땅한 애정을 느낀다고 고백하셨다. 니체…… 바로 그 니체가 그분의 마음을 어지럽혔다는 것이었다. 물질의 실체에 대해 그분은 더 이상 확신이 없다고, 그래서 걱정이라고 하셨다. 그러고 나서 선생님들은 우리에게 질문을 던지기 시작했다. 우리는 이렇게 따뜻하고 아늑한 집을 떠나 인생의 폭풍 속을 항해하고 돌아왔으므로, 이제 그분들에게 지상 위의 실제 기후가 어떤지를 말씀드려야 했다. 한 여인을 사랑하는 남자가 정말 피로스(네오프톨레모스라고도 불리는 에피로스의 왕)처럼 그녀의 종이 되는지, 아니면 네로처럼 그녀의 사형 집행인이 되는지, 아프리카와 그곳의 황량함, 그리고 그곳위 푸른 하늘은 지리 선생님이 가르쳐주신 그대로인지 등등을 말이다. (그리고 타조가 정말로 자신의 몸을 보호하기 위해 두 눈을 감아버리는 건지도 물으셨다.) 자크 베르니스는 약간 고개를 숙였다. 그가 수많은 비밀들을 알고 있었기 때문이다. 하지만 선생님들은 그에게서 비밀을 캐내가진 못했다.

선생님들은 베르니스에게서 비행기를 조종할 때의 짜릿한 쾌감과 엔진의 폭음에 대한 이야기를 듣고 싶어 하셨다. 그리고 그분들처럼 저녁때 장미나무를 손질하는 것만으로는 행복해지는 데에 충분하지 않은가도 궁금해 하셨다. 이번에는 베르니스가 루크레티우스(로마 시인)나 전도서(구약 성경)를 설명하고 조언해줄 차례였다.

베르니스는 선생님들에게, 만일 비행기가 고장으로 사막 한가운데 홀로 떨어질 것을 대비해서 물과 음식을 얼마나 준비해야 하는지를 설명해드렸다. 그리고는 서둘러 조종사가 무어인들로부터 살아남을 수 있는 비결이며, 화염에 휩싸일 경우에 재빨리 빠져나오는 방법 등에 대해 설명을 드렸다. 그 말을 듣고 선생님들은 고개를 끄덕이셨다. 걱정의 기색은 아직 가시지 않았지만, 그래도 세상에 이렇게 새로운 인재를 길러냈다는 사실에 자랑스러워하며 은근한 자부심까지 느끼는 듯했다. 결국 그분들은 옛날부터 사람들의 입에 오르내렸던 그

영웅들을 만날 수 있었으니 이제는 죽어도 여한이 없다고 하셨다. 그분들은 소년 시절의 줄리어스 시저에 대해서도 들려주셨다.

그러나 우리는 그분들이 서글퍼할지도 모른다는 생각에 쓸데없는 행동 후에 맛보는 허탈감과 실망에 대해서도 이야기했다. 그리고 그중 가장 연장자이신 선생님이 몽상에 잠기시는 것을 보자 마음이 불편해, 아마도 진정한 진리는 책에서 얻을 수 있는 평화가 아니겠느냐고 덧붙였다. 그러나 선생님들은 이를 이미 알고 계셨다. 사람들에게 역사를 가르쳤던 그분들의 경험은 가혹한 것이었다.

"그런데 자네는 왜 이곳으로 돌아왔는가?"

베르니스는 대답하지 않았다. 그러나 나이 드신 선생님들은 사람의 마음을 다 알고 있다는 듯이 서로 눈을 찡긋하면서 '애정 때문이지…….' 하고 생각하는 듯했다.

4.

하늘에서 내려다 본 대지는 아무것도 걸치지 않은 알몸처럼 보이며, 생기 없이 죽어 있는 것 같은 모습이다. 그러나 비행기가 하강하면서 비로소 대지는 다시 옷을 걸쳐 입는다. 나무는 다시금 대지의 속을 채워 넣고, 언덕과 골짜기는 대지에 넘실거림을 만들어준다. 그렇게 대지는 다시 숨을 쉰다. 산 위를 날아갈 때면 누워 있는 거인의 가슴팍 같은 산이 거의 기체(機體)에 닿을 듯 부풀어 오른다.

이제 급류가 다리에 닿을 듯 가까워진 세상은 점점 더 빠른 흐름을 만들어낸다. 하나처럼 보이던 세상은 산산조각으로 나눠진다. 매끈했던 지평선에서는 나무와 집과 마을들이 떨어져 나와 비행기 뒤로 휙휙 날아가 버린다. 알리칸테의 착륙장은 위로 올라왔다가 잠시 흔들림을 보이다 제자리를 찾고, 바퀴는 이를 가볍게 스친 뒤 압연판처럼 내리누르며 지면과 가까워지고 이내 바닥을 꾹 눌러준다……

베르니스는 비행기에서 내려온다. 두 다리가 무겁다. 잠시 그는 두 눈을 감는다. 머릿속은 여전히 엔진의 포효 소리와 생생히 살아 움직이는 주변 영상들로 가득 차 있고, 팔다리  는 아직도 비행기의 진동을 그대로 느끼고 있는 것 같았다. 이어 그는 사무실로 들어가 천천히 자리에 앉는다. 그런 다음 팔꿈치로 잉크병과 책 몇 권을 옆으로 밀어놓고는 612호기 항공일지를 끌어당긴다.

'툴루즈—알리칸테: 비행시간 5시간 15분'

그는 잠시 하던 일을 멈추고는, 피로와 몽상에 자신의 몸을 내어맡긴다. 무언가 어렴풋한 소리가 귀에 와 닿는다. 수다스런 여인 하나가 어디선가 소리를 지른다. 포드 자동차의 운전기사가 문을 열고, 사과를 한 뒤 미소를 지어 보인다. 베르니스는 이 벽들과 문과 운전기사를 실제크기로 유심히 바라본다. 10여 분 동안 그는, 시작했다 그쳤다 하는 몸짓을 계속 해대면서 알아듣지도 못하는 대화에 끼어들었지만 모든 것이 비현실적으로 느껴진다. 저 나무, 문 앞에 심어져 있는 저 나무는 30년 동안 저 자리를 지키고 있었다. 30년 동안 이 모습을 보아온 것이다.

엔진: 이상 없음.
기체: 우측 편향.

그는 펜을 내려놓는다. 그저 '졸리다'는 생각뿐이다. 이어 그의 관자놀이를 짓누르는 몽상이 또다시 그를 괴롭힌다. 선명한 풍경 위로 떨어지는 호박색 빛줄기, 잘 갈아놓은 밭과 초원들, 오른쪽에 자리 잡은 마을, 왼쪽에 자리 잡은 양 몇 마리, 그리고 파란 하늘이 마치 천장처럼 그 모든 것을 덮고 있다.

'한 채의 집이로군.' 베르니스는 생각한다. 문득 그는 이 마을과 하늘과 대지가 모두 하나의 커다란 집처럼 만들어졌다는 느낌을 명확히 받았던 걸 떠올린다. 잘 정돈된 친근한 집이었다. 모든 게 너무도 꼿꼿했다. 하나가 된 그 풍경 속에서는 그 어떤 위협도 없었고, 한 치의 벌어짐도 없었다. 그는 그 풍경의 내부에 들어와 있는 것 같았다.

노부인들이 거실 창가에 서서 세월이 흘러가는 것을 느끼지 못하는 것은 이 때문이리라. 푸른 잔디밭은 싱그럽고 그곳에서 정원사는 꽃들에게 느릿느릿 물을 준다. 노부인들은 정원사의 든든한 등을 따라 시선을 움직인다. 반들거리는 마룻바닥에서는 밀납 냄새가 올라와 그녀들을 취하게 한다. 집안의 질서는 잘 잡혀 있고 부드럽고 온화하다. 그날 하루 바람이 불고 태양이 내리쬐고 비가 오기는 했지만, 다친 것이라고는 장미꽃 몇 송이뿐 날은 이제 저물어간다.

"시간이 됐군. 잘 있게."

베르니스는 다시 출발한다.

그는 폭풍우 속으로 들어간다. 폭풍우는 모든 걸 허물어뜨리는 자의 곡괭이처럼 비행기를 두들겨댄다. 전에도 이런 폭풍우를 당해 본 적이 있다. 이번에도 빠져나갈 수 있으리라. 베르니스에게는 원론적인 생각밖엔 없었다. 천지를 암흑으로 만들 정도로 거세게 내리치는 폭풍우가 그를 내리꽂는 첩첩 산중에서 빠져나가야 한다는 것, 그리고 이 벽을 뛰어넘고 바다에 이르는 것, 그에겐 오로지 이에 대한 생각뿐이었다.

갑자기 기체의 충격이 전해져온다. 어디가 부서진 것일까? 갑자기 비행기가 왼쪽으로 기우뚱한다. 베르니스는 처음에는 한 손으로, 다음에는 두 손으로, 그다음엔 온몸의 힘을 다해 조종간을 붙들고 버틴다. '젠장할!' 기체는 이제 땅으로 곤두박질친다. 이제 베르니스는 끝장이다. 일 초만 있으면, 그는 갑자기 무너져버린 이 집에서, 이제 겨우 이해하기 시작한 이 집에서 영원히 밖으로 내동댕이쳐질 것이다. 초원과 숲, 마을들이 빙빙 돌며 그를 향해 솟아오를 것이다. 연기가 피어오른다. 자욱하게 연기가 소용돌이치고 있다. 온통 연기뿐이다! 양 떼처럼 솟아오르는 연기는 하늘의 사방 곳곳에서 뒤죽박죽 엉망이다…….

'아아! 정말 끔찍했어.' 한 번의 발길질로 조종색(操縱索)이 풀어졌다. 조종간이 단단히 조여 있는 상태였다. 누군가 일부러 그렇게 해놓은 것일까? 아니다. 장담컨대 그런 일은 있을 수 없었다. 한 번의 발길질로 세상이 다시 원위치로 돌아오지 않았던가. 이 얼마나 엄청난 순간이었던가!

정말 엄청난 순간이었다. 그가 지금 이 순간 느낄 수 있는 것이라고는 입 안의 살점에서 느껴지는 신맛뿐이었다. 하마터면 큰일 날 뻔했다. 도로니, 운하니, 집이니, 인간의 장난감이니 하는 그 모든 것들이 단지 눈속임에 지나지 않았다.

・・・

이제 악몽은 지나갔다. 하늘은 말갛게 개었다. 기상 예보에서는 '하늘이 4분의 1쯤 권운(卷雲)으로 뒤덮이겠음.' 이라고 했었다. 일기 예보? 등압선? 보옌 교수의 '구름의 체계? 7월 14일 혁명 기념일의 하늘같이, 온 국민이 다 같이 축제를 벌이는 날의 하늘, 그렇게 말하는 게 더 가깝겠다. '말라가의 축제 날씨입니다.' 라는 식으로 말이다. 시민들은 머리 위 10,000m 상공에 맑은 하늘을 갖고 있다. 권운층(卷雲層)에 이르기까지 하늘은 맑게 개어 있다. 이렇게 반짝반짝 빛나는 거

대한 수족관은 아직까지 본 적이 없다. 만에서도 저녁에 요트 경기가 펼쳐진다. 하늘은 파랗고 바다는 푸르며, 언덕도 푸르고 선장의 두 눈도 파랗다. 화려한 휴가다.

이제 악몽은 끝났다. 3만 통의 편지들 모두 안전하게 폭풍우를 헤치고 나온 것이다. 회사에서는 항상 '우편물은 귀중한 거다, 우편물은 목숨보다 더 귀중한 것이다.' 하고 말해왔다. 3만 명의 연인들을 살아가게 해주는 게 바로 우편물이었던 것이다……. 연인들이여, 조금만 기다려라. 저녁놀이 불타는 가운데, 우리가 그대들에게 당도할 것이다. 베르니스 뒤로는 짙은 구름들이 회오리바람에 섞여 그 안에서 소용돌이치고 있다. 그의 앞에서 대지는 태양빛 옷을 입고 있었고, 깨끗한 옷감은 바람에 너울거렸으며 나무는 대지를 두텁게 감싸 안았다. 돛은 바다에 주름살을 수놓고 있었다.

지브롤터 상공은 밤일 것이다. 따라서 탕헤르를 향해 왼편으로 선회하면, 베르니스는 거대한 빙원처럼 떠다니는 저 유

럽대륙에서 벗어난다.

갈색 대지를 머금은 도시 몇 개를 지나면 이어 아프리카 대륙이 펼쳐진다. 검은 덩어리들을 머금은 도시 몇 개를 지나면 다음에는 사하라가 펼쳐진다. 오늘밤, 베르니스는 대지가 옷을 벗는 모습을 목격하게 될 것이다.

베르니스는 지쳐 있다. 그는 두 달 전에 주느비에브를 정복하기 위해 파리로 떠났었다. 그리고 모든 걸 자신의 패배로 깔끔히 정리한 뒤 어제 회사로 돌아온 것이다. 뒤로 멀어져 가는 이 들판과 마을들, 이 사라져가는 불빛들, 이것들을 버린 건 바로 그였다. 그가 이를 버린 거였다. 이제 한 시간 후면 탕헤르 등대 불빛이 반짝일 것이다. 탕헤르 등대에 닿을 때까지 자크 베르니스는 추억에 잠길 것이다.

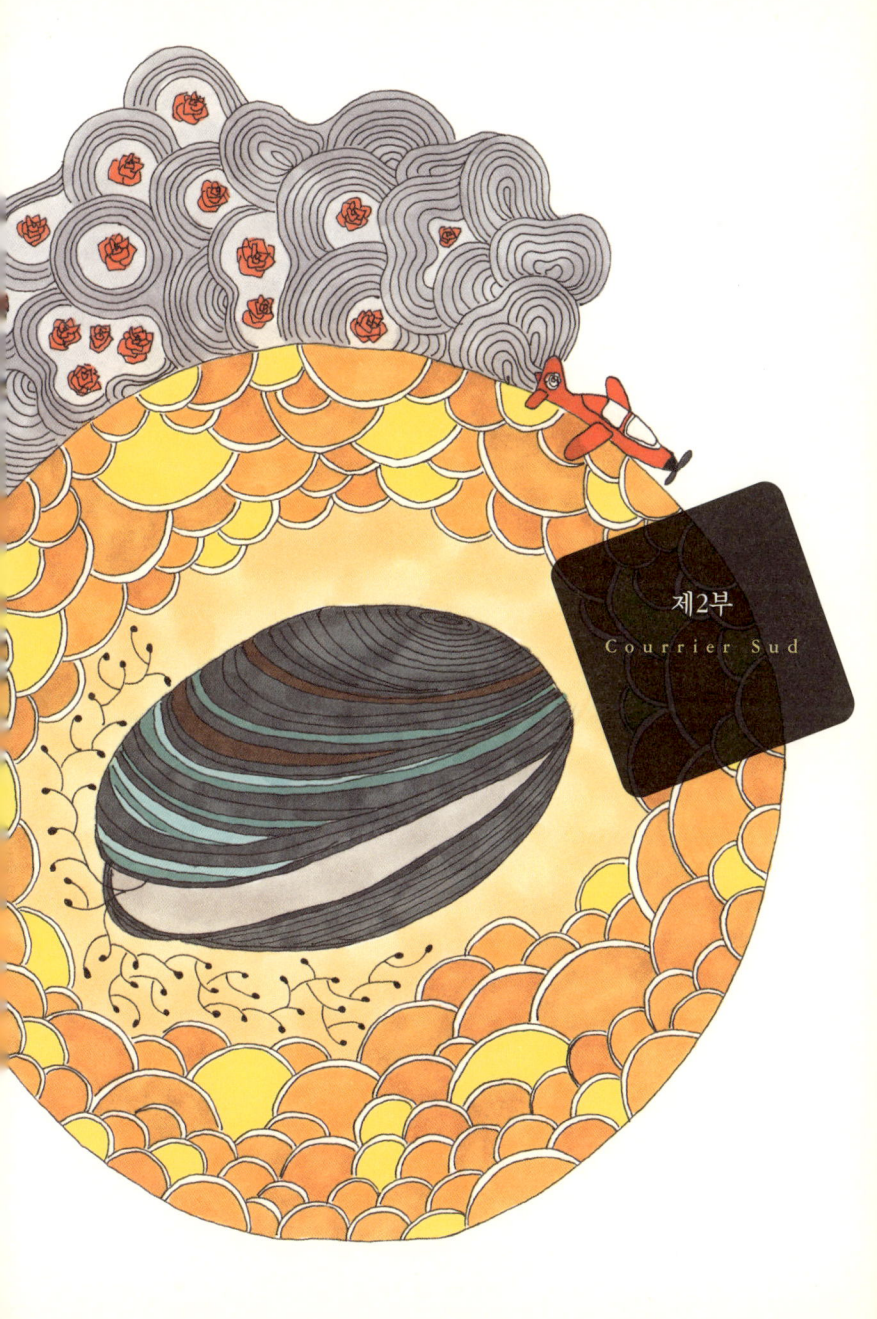

제2부
Courrier Sud

1.

이쯤에서 두 달 전으로 거슬러 올라가 그간의 이야기를 해야겠다. 그렇지 않으면 그 두 달의 시간으로부터는 아무것도 남지 않을 것이기 때문이다. 내가 앞으로 이야기하려는 일련의 사건들이, 그로 인해 흔적도 없이 사라졌던 사람들에 대해 호수에 가둬진 물처럼 그 미약한 동요와 희미한 파문이 일던 것을 서서히 끝냈을 때, 폐부를 찌르는 듯 아려오던 감정들이 점점 그 강도가 덜해지다 무뎌지며 약해질 때, 내게는 분명 새로운 세상이 펼쳐질 것이다. 베르니스와 주느비에브에 대한 기억이 내게 잔인하리만치 가슴 아프게 다가오는 그곳에서, 나는 약간의 회한만을 느낀 채 산책을 할 수 있지 않았던가.

• • •

두 달 전 베르니스는 파리로 올라왔다. 하지만 공백기가 너무 길어지면 제자리를 되찾기가 힘들어지는 법이다. 도시는 사람들로 붐비지 않던가. 그는 그저 좀약 냄새 풍기는 재킷을 입은 자크 베르니스에 불과했다. 베르니스는 잘 움직여지지도 않는 몸을 이끌고 어설픈 걸음으로 이곳저곳을 돌아다니다가, 방 한구석에 너무나도 깔끔하게 놓여 있음에도 자신의 짐 꾸러미들이 그토록 불안정한 느낌과 임시적인 분위기를 자아내는 걸 의아하게 생각했다. 방에는 아직 하얀 면 시트도, 책도 없는 상태였다.

"여보세요……. 아, 자넨가?"

그는 친구들에게 전화를 걸기 시작했다. 사람들은 놀라움의 탄성을 지르거나 축하의 인사를 전했다.

"이야, 이게 얼마만이야! 정말 자네인 거야?"

"그럼 물론이지! 언제 얼굴 한번 볼까?"

오늘? 오늘은 좀 시간이 안 될 것 같은데. 내일? 내일은 골프를 치러 가기로 했는데, 자네도 같이 가지 그래. 싫다고? 그럼 모레는? 좋아, 저녁 같이 하지. 8시 정각에 봄세.

베르니스는 무거운 발걸음으로 무도회장에 들어갔다. 젊은 사람들 사이에서 그는 탐험가 차림 같은 외투를 걸치고 있었다. 그들은 어항 속 금붕어처럼 그곳에서 밤을 지새우고 여자들에게 달콤한 말을 속삭이며 춤을 추고 다시 돌아와서 술을 마셔댔다. 이 몽환적인 공간 속에서 유일하게 정신이 멀쩡하던 베르니스는 자신의 몸이 짐꾼처럼 무거움을 느끼고, 두 다리를 곧게 뻗으며 힘주어 서 있었다. 머릿속은 명확했다. 베르니스는 테이블 사이를 지나 빈자리로 걸어갔다. 그와 눈이 마주친 여자들은 시선을 다른 데로 돌렸고, 이들의 눈은 초점을 잃은 것 같았다. 젊은 친구들은 순순히 길을 터주어 그가 지나갈 수 있게 해주었다. 그 모습은 마치, 밤에 장교가 순찰을 돌 때면 보초를 서는 보초병들의 손가락에서 자동적으로 담배가 떨어지는 모습과 흡사했다.

브르타뉴 선원들이 자신들의 그림엽서 같은 마을과 무척이나 충실한 연인들과 조우하듯, 우리는 돌아올 때마다 이런 세상과 조우한다. 돌아왔을 때 그녀들의 모습에서 가까스로 세월의 흔적이 느껴지듯 모든 것은 늘 변함없이 그대로다. 아이들 책의 삽화처럼……. 모든 게 너무도 제자리를 지키고 있고, 모든 게 너무도 제 운명에 충실하여 우리는 알 수 없는 무언가가 두려웠다. 베르니스는 한 친구의 소식을 들었다. "아, 그 친구, 여전하지, 뭐. 요새 일이 잘 안 되나 보던데. 하지만 알잖나. 사는 게 다 그렇지 뭐." 모두들 스스로의 포로가 되어 이 알 수 없는 제동장치의 한계 속에서 살아간다. 베르니스처럼, 그렇게 정처 없이 떠돌아다니는 가련한 아이처럼, 마술이라도 부리는 사람처럼 살아가지는 않는다.

두 번의 여름과 겨울이 지났건만 친구들의 얼굴에는 주름이 약간 늘었을 뿐이고, 가까스로 여윈 기색이 느껴졌다. 베르니스는 바의 한쪽 구석에 있던 여자를 알아봤다. 그 많은 웃음을 팔고 있는데도, 피곤한 기색은 아주 조금밖에 없어 보였다. 바텐더 역시 예전 그대로였다. 베르니스는 그가 자신을 알아볼까 걱정이 되었다. 그가 자신의 이름을 부르면 그에게서 '죽은 베르니스', '날개 없는 베르니스', '결국 벗어나지 못한 베르니스'를 되살아나게 만들 것만 같았다.

이곳으로 돌아오는 동안에, 그의 주위로 감옥처럼 예전의 낯익은 풍경이 천천히 만들어지기 시작했었다. 사하라 사막의 모래와 스페인의 바위는 점점 무대 의상 벗겨지듯 뒤로 물러났고, 그 사이로 실제 풍경이 모습을 드러냈다. 마침내 국경을 넘어서자 페르피냥은 드넓은 초원을 펼쳐보였다. 그 푸른 초원 위로 태양이 매 순간 흐려지며 더욱 길어지는 한 줄기 빛을 비스듬히 드리우며 사라져가고 있었다. 그 황금빛은 매 순간 점점 여려지고 투명해지더니, 꺼지는 게 아니라 아예 증발해버리고 말았다. 그러자 푸른빛 대기 속에서 부드러운 암녹색의 진흙이 보였다. 세상에는 정적이 감돌았다. 베르니스는 엔진의 속력을 줄이며, 모든 것이 잠들어 있고 모든 것이 벽처럼 단단하고 영속적인 바다 속으로 잠수하듯 들어갔다.

그는 공항에서 차를 타고 역 쪽으로 가고 있다. 그의 앞에 있는 이 얼굴들은 단호하고 굳은 표정이다. 저들의 운명이 아로새겨진 두 손은 무릎 위에 묵직하고 반듯하게 올려져 있다. 밭에서 돌아오는 농부들의 얼굴이 스치듯 지나갔고, 대문 앞의 저 소녀는 수십만 명 가운데 한 남자를 기다리고 있다. 이미 수십만 개의 희망을 포기한 터였다. 어린아이를 품에 안고 달래주던 이 어머니는 이미 아이의 포로가 되어 도망칠 수 없는 신세였다.

만물의 비밀들과 직접적으로 대면한 베르니스는 가방 하나 들지 않고 주머니에 양손을 찔러 넣은 채 지극히 개성적인 모습으로 고국에 돌아왔다. 그게 바로 정기선 조종사가 귀향하는 모습이었다. 만고불변의 이 세상에서는 밭 한 뙈기를 늘이거나 담벼락을 하나 고치는 데에도 20년의 소송이 필요하다.

해면(海面)처럼 끊임없이 움직이고 변화하는 풍경을 보면서 그는 2년을 아프리카에서 보냈다. 풍경은 하나하나 베일을 벗어내며 이 오래된 풍경의 알몸을 보여주고 있었다. 그가 떠나왔던 그 풍경, 영원하고도 유일한 그 풍경의 알몸이 그렇게 드러났다. 서글픈 천사장의 얼굴을 하고 있는 그 진짜 땅 위에, 그는 발을 내디뎠다.

"하나도 변한 게 없군……."

사실 그는 무언가 변한 게 있을까 봐 걱정했었는데, 이제는 변한 게 너무 없어 괴로웠다. 막연한 권태감 외에, 그는 사람들과의 만남도, 친구들과의 우정도 기대하지 않았다. 멀리 떨어져 있을 때에는 환상을 품기 마련이지만, 떠나올 때의 애정 같은 건 가슴속 쓰라림이나 땅속에 묻어둔 보물 같은 기이한 느낌과 함께 저 뒤로 사라져버린다. 이따금씩 그렇게 도망을 치는 것은 인색한 사랑의 반증이다. 별들이 총총했던 사하라 사막에서의 어느 날 밤, 땅속에 묻힌 씨앗처럼 시간과 어둠 속에 파묻힌 이 뜨겁고도 아득한 애정에 대한 몽상에 잠기면서, 문득 그는 조금 떨어져서 잠든 모습을 바라보고 있다는 느낌을 받았다. 굽이굽이 펼쳐진 이 모래 언덕에서 고장 난 비행기에 기대어 지평선을 굽어보던 그는 목동이 자신의 양들을 보살피듯 자신이 사랑하는 것들을 밤새 보듬었다.

'그런데 돌아와 보니 이런 것이었군!'

언젠가 내게 베르니스는 이런 내용의 편지를 썼다.

자네에게 내 귀환에 대해서는 해줄 말이 없네. 감정들이 내게 화답을 해오면 그제야 나는 그 상황에 대한 주체의식을 느끼는데, 그 어떤 감정도 깨어나지 않았거든. 그 지각한 순례자는 욕구도 신념도 사라져버린 뒤가 아니겠나. 그의 눈에는 오직 순례지의 돌밖에 들어오지 않았을 걸세. 이 도시도 내게 벽 이상의 의미는 없다네. 나는 다시 떠나고 싶다네. 첫 비행을 나서던 날을 기억하나? 우리가 함께 했던 첫 비행 말일세. 우리가 착륙을 하지 않자 무르시아와 그라나다는 진열장 속 골동품처럼 쓰러져 있다가 과거 속으로 매몰되어 버렸지. 수세기 동안 그곳에 놓인 채 그렇게 은거하고 있는 거야. 조용한 가운데 엔진소리만 요란하게 들려왔고, 그 뒤로 풍경이 말없이 영화처럼 지나갔지. 고도를 높일수록 기온은 현저히 떨어졌고 그 도시들은 얼음 속에 갇혀버렸다네. 기억나는가?

그때 자네가 내게 건네주었던 그 종이쪽지들을 아직도 간직하고 있다네.

'덜커덩거리는 소리를 예의주시하게……. 저 소리가 더 심해지면, 해협으로 들어가지 말게.'

두 시간 후, 우리가 지브롤터 상공에 접어들었을 때 또 다른 쪽지를 건네주었지.

'타리파(스페인의 남부에 위치한 항구도시)에 도착할 때까지 기다렸다가 거기서 횡단하게. 그게 더 상책일세.'

그리고 탕헤르에서 건네준 쪽지에는 이렇게 적혀 있었다네.

'너무 오래 지체하지 말게. 이곳은 땅이 무르거든.'

그뿐이었지. 이 몇 개의 문장으로 우리는 세상을 정복할 수 있었네. 문득 나는 이 짤막한 지시들이 얼마나 막강한 전략이 되는지를 깨달았지. 탕헤르라는 이 보잘것없는 도시가 내 첫 번째 정복지였네. 내가 처음으로 강탈한 곳이라고 할까. 사실 처음에는 아주 높은 곳에서 수직으로 하강해야 했지만, 점차 내려가는 동안 만발한 꽃들이며 초원과 집들이 보이기 시작했다네. 침체됐던 도시에 햇빛을 되돌려주어 살아나게 해주었지. 그러고 나서 갑자기 놀라운 발견을 했다네. 약 500m 상공을 날고 있을 때 들판에서 부지런히 쟁기질을 하고 있던 한 아랍인을 내게로 끌어당겨, 그 사람을 나와 같은 척도의 사람이 되게 했거든. 그 아랍인이야말로 내 전리품이자 창작물이며 장난감이었지. 드디어 나는 볼모를 하나 잡은 셈이었고 이제 아프리카는 나의 소유가 되었던 것이라네.

2분 후, 풀밭에 내려선 나는 삶이 다시 시작되는 어떤 별에 발을 디딘 듯 젊음의 기운을 느꼈다네. 그 새로운 분위기 속에서, 그 땅과 하늘 아래서 나는 마치 어린 나무가 된 것 같은 느낌이었어. 이어 기분 좋은 허기를 느끼면서 나는 비행으로 지친 근육을 쭉 폈지. 부드럽게 성큼성큼 걸어보며 비행의 피로를 풀다가 문득, 착륙한 상태의 내 그림자를 보니 웃음이 나오더군.

그리고 그 봄 생각나! 툴루즈에서 우중충한 비가 내린 후의 그 봄이 기억나느냐 말일세. 너무나도 싱그러운 공기가 사방을 흘러다니고 있었잖나! 여자에게는 저마다 비밀이 한 가지씩 있네. 특유의 억양이 될 수도 있겠고, 자기만의 몸짓이나 침묵이 될 수도 있겠지. 여자들은 모두 나름의 매력을 갖고 있었어. 그리고 자네도 알겠지만 나는 느낌은 오지만 이해가 되지 않는 그 무언가를 찾으러 더 멀리 떠나고 싶어 안달하지 않았던가. 나는 파르르 떨리는 막대기를 들고 보물이 나올 때까지 세상을 돌아다니는 수맥 탐사가였으니 말이네.

헌데 자네는 내가 찾고 있는 것을 내게 말해줄 수 있지 않겠나? 내 친구들과, 내 바람과, 내 추억이 공존하는 이 도시에서, 내가 창가에 기대어 절망하는 이유를 내게 말해주지 않겠나? 처음으로 나는 수맥도 찾지 못하고 내 보물로부터도 멀리 떨어져 있는 기분을 느끼고 있네. 그 이유가 뭔지 내게 알려주지 않겠나? 사람들이 내게 했던 이 알 수 없는 약속은 무엇이며, 어둠 속의 신께서 지키지 않은 이 약속은 또 뭐란 말인가?

드디어 수맥을 찾았네. 기억나? 그건 주느비에브였네……

베르니스의 편지에서 주느비에브, 당신의 이름을 읽으며 나는 두 눈을 감았고, 내게 있어 당신은 다시 소녀의 모습으로 나타났다. 우리가 13살이었을 때 주느비에브 당신은 15살이었다. 우리의 기억 속에서 어떻게 그대가 나이를 먹을 수 있겠는가? 그대는 우리의 추억 속에 여전히 그 연약했던 소녀로 존재했고, 당신에 관한 이야기를 들었을 때 우리가 놀랍게도 인생에서 감히 모험을 감행하겠다고 생각하게 만든 것도 바로 그 연약한 소녀였다.

다른 사내들이 성숙한 여인과 결혼식을 올릴 때, 베르니스와 내가 아프리카 오지에서 약혼자로 마음에 삼은 상대는 바로 그 조그마한 소녀였다. 당시 15살 소녀였던 그대는 가장 나이 어린 어머니였다. 나뭇가지에 긁혀 맨 종아리에 살갗이 벗겨질 나이에, 그대는 아이들에게 최고의 장난감이나 다름없는 진짜 요람을 달라고 했지. 누군가의 비범함을 알아채지 못했던 그네들 가운데에서 겸손한 여인의 몸짓을 보여주는 그대는 우리에게 있어 동화 속 주인공 같은 존재였고, 아내나 어머니, 요정으로 변신하여 신비한 요술 문으로 들어가 가장무도회나 아이들 무도회에 참석하는 그런 이미지였다.

사실 그대는 우리의 요정이었다. 그대는 두꺼운 벽으로 둘러싸인 낡은 집에 살고 있었다. 총안(銃眼)처럼 뚫려 있던 창문에 팔꿈치를 괴고 달이 뜨기를 기다리던 모습이 눈에 선하다. 달이 떠오르면 고요하던 들판이 술렁거리기 시작했다. 매미 날개의 따르락거리는 소리, 개굴개굴 우는 개구리, 외양간으로 돌아오는 소 떼들의 목에 달린 방울 소리가 들려왔다. 달이 떠오르면, 때로는 마을에서 사람의 죽음을 알리는 조종이 울려 귀뚜라미와 밀이삭들과 메뚜기에게 알 수 없는 죽음의 소식을 전해주었다. 그럴 때 그대는 창가에서 몸을 내밀어 약혼자들을 걱정했다. 희망만큼 깨지기 쉬운 건 없으리라. 달은 여전히 떠올랐다. 올빼미들은 죽음을 알리는 소리를 뒤로하고 찢어지는 소리로 사랑을 나눌 상대를 불러대고 있었다. 떠돌이 개들은 둥글게 자리 잡고 앉아 달을 향해 짖어댔다. 그리고 나무 한 그루 한 그루가, 풀 한 포기 한 포기가, 갈대 한 줄기 한 줄기가 모두 되살아났다. 그럼에도 달은 떠올랐다. 그러면 그대는 우리의 손을 잡고 그게 바로 대지가 내는 소리이며, 마음을 안정시켜주고 듣기 좋은 소리라며 우리에게 귀를 기울여보라는 얘길 했다.

그대는 이 집과, 집 주위 대지의 살아 있는 장막으로 온전히 보호받고 있었다. 그대는 보리수와 참나무와 양 떼들과 너무나 많은 조약을 맺고 있어서, 우리는 그대를 그들의 공주님이라 불렀다. 저녁이 다가오고, 세상이 밤을 맞아들일 준비를 할 때면 그대의 표정은 차츰 누그러졌다.

"농부가 가축들을 우리 속으로 집어넣고 있어."

멀리 떨어져 있는 외양간의 불빛만을 보고도 그대는 그걸 알 수가 있었다. 그리고 희미하게 문 닫는 소리만 들려도 "수문을 닫고 있구나." 하고 말했었다. 모든 것들이 질서 정연했다.

저녁 7시면 특급열차가 우렁찬 소리를 내며 마을을 통과했다. 기차는 마을을 돌아 그대가 있는 세상에서 침대칸 차창에 비친 얼굴처럼 불확실하고 불안정하며 근심 어린 것을 깨끗이 쓸어내며 빠져나갔다. 그리고 어두컴컴하지만 크기만은 한없이 큰 식당에서 저녁 식사를 할 때, 그대는 밤의 여왕이 되었었다. 사실 우리는 스파이들처럼 그대를 빈틈없이 감시하고 있었었다.

그대는 어른들 틈에 끼어 한가운데 조용히 앉아 있었다. 앞으로 몸을 숙여 그대의 머리카락이 전등갓의 황금빛 불빛에 비쳤고, 빛으로 둘러싸인 그대는 거기에서 군림하고 있었다. 주변의 것들과 너무나도 긴밀하게 이어져 있으며, 주변의 사물들에 대해서도, 그대의 생각에 대해서도, 그대의 미래에 대해서도 너무나도 확고한 신념을 가지고 있던 그대는 우리에게 영원한 존재로 여겨졌었다. 그대는 그야말로 군림하고 있었다······.

하지만 우리는 알고 싶었다. 그대를 괴롭힐 수 있을지, 숨이 막힐 정도로 그대를 꼭 껴안을 수 있을지가 궁금했다. 그대 안에서 우리가 백일하에 드러내놓고 싶은 인간의 실체를 느꼈었기 때문이다. 애정이라는 감정, 애수라는 감정을 두 눈으로 확인하고 싶었던 것이다. 그래서 베르니스는 두 팔로 그대를 껴안았고, 그대는 얼굴을 붉혔다. 그러자 베르니스가 더욱 세게 껴안았고 그대의 눈에서 눈물이 반짝였지만, 나이 든 여인이 울 때처럼 입술이 흉하게 일그러지지는 않았다. 그리고 베르니스는 내게 그 눈물이 느닷없이 벅차오른 마음에서 생겨나온 것이며, 다이아몬드보다 더 값진 것이라는 얘길 했다. 그리고 이 눈물을 마시는 자는 아마도 영원불멸의 존재가 될 거라는 얘기도 했다. 또한 베르니스는 말했다. 물속에 사는 요정처럼 그대는 그대의 몸 안에 살고 있는 것이며, 그대라는 존재를 몸 밖으로 끄집어낼 마법의 주문을 수백 가지는 알고 있다고 말이다. 그리고 그 가운데 가장 확실한 방법은 그대를 울리는 것이라고 했다. 그렇게 우리는 그대에게서 사랑을 훔쳐냈다. 하지만 우리가 그대를 놓아주었을 때, 그대는 웃음을 지었고, 이 웃음은 우리를 몹시 당황스럽게 했다. 손에서 조금 느슨하게 풀어주면 새는 그렇게 날아가 버린다.

"주느비에브, 시를 읽어줘."

그대는 시를 조금 읽었을 뿐이지만, 우리는 그대가 이미 그 시를 다 알고 있다고 생각했다. 우리는 그대가 당황해하는 것을 단 한 번도 본 적이 없었다.

"시를 읽어줘."

그대는 시를 읽기 시작했다. 그리고 그 시는 우리에게 세상과 인생에 대해 가르쳐 주고 있었다. 시인에게서 나온 가르침이 아니었다. 그건 그대의 지혜에서 나오는 가르침이었다. 연인들의 비애와 여왕들의 눈물에는 조용히 위대함이 깃들었다. 그대의 차분한 목소리와 더불어 사람들은 사랑으로 죽어 갔다.

"주느비에브, 사람이 사랑 때문에 죽는다는 것이 정말일까?"

그대는 시 낭송을 멈추고는 깊은 상념에 잠겼다. 그대는 고사리와 귀뚜라미들과 벌들 속에서 아마 그 답을 찾았으리라. 그리고는 '그럴 거야.'라고 대답했다. 벌들 또한 사랑 때문에 죽지 않던가. 필요한 일이고 평온하게 이뤄지는 일이었다.

"주느비에브, 연인이 뭐라고 생각해?"

우리는 그대가 얼굴을 붉히게 만들고 싶었다. 하지만 그대의 얼굴은 전혀 발그레하지 않았다. 아주 조금 난색을 표하고는 연못에 비쳐 너울거리는 달빛을 쳐다볼 뿐이었다. 그대에게는 아마 저 달빛이 연인이 아닐까 하는 생각이 들었다.

"주느비에브, 애인 있어?"

이번에는 확실히 얼굴이 붉어질 것이라고 생각했다. 그러나 역시 이번에도 아니었다. 그대는 당황하는 기색도 없이 미소를 지으며 고개를 저었다. 당신의 왕국에서 어떤 계절은 꽃을 가져다주고 가을은 과일이라는 결실을 안겨주며 어떤 계절은 사랑을 가져다준다. 그곳에서 삶이란 무척이나 단순하다.

"주느비에브, 우리가 어른이 되면 무엇을 하게 될지 알아?"

우리는 그대가 어리둥절해 하는 것을 보고 싶었다. 그리하여 그대를 이렇게 불렀다.

"연약한 여인이여, 우리는 정복자가 될 것이다!"

우리는 그대에게 인생에 대해 설명했다. 정복자들이 얼마나 영광스럽게 고향으로 돌아와서 그들이 사랑하는 여자를 애인으로 만드는지를 말이다.

"그때 우리는 네 애인이 될 거야. 주느비에브, 어서 시를 한 편 읽어줘."

그러나 그대는 더 이상 시를 읽어주지 않았다. 그리고는 시집을 옆으로 밀어 놓았다. 갑자기 그대는 그대의 인생이 너무나도 분명해짐을 느꼈다. 자신이 자라나서 밀알을 세상에 내어놓게 될 거라는 사실을 지각한 어린 묘목처럼 말이다. 필요 이외에는 아무것도 없었다. 우리는 동화 속에나 나오는 정복자들이었다. 하지만 그대는 고사리와 벌과 염소와 별들에 의지하고, 개구리가 개굴개굴 우는 소리에 귀를 기울였다. 평온한 한밤중에 그대 주위에서 생동하는 모든 것들로부터, 그리고 그대의 발끝에서 머리끝까지 그대 자신에게서 생동하는 모든 것들로부터, 그대는 믿음을 끌어냈다. 뭐라 설명할 수는 없지만 그 확실성만은 분명한 이 운명을 위해서다.

달이 높게 떠오르고 이윽고 잠을 잘 때가 되었으므로, 그대는 창문을 닫았다. 창유리로 달빛이 스며들었다. 우리는 그대가 진열장의 문을 닫듯 하늘을 닫아버려서, 달과 한 줌의 별들을 가두어버렸다고 말했다. 우리는 모든 덫과 상징물을 동원해서, 우리에게는 근심이 서려 있는 저 바다 깊은 곳으로 그대를 데려가고 싶었으니까.

…… 나는 다시 수원(水原)을 발견했네. 여독을 풀기 위해 내게 필요한 건 바로 그 수원(水原)이었어. 수맥은 분명 있었네. 다른 수원으로는……. 우리가 사랑이 끝난 후면 별들 가운데 저 멀리로 내버려진다고 말했던 여자들이 있었네. 그네들은 마음을 꾸며놓은 것 이외에는 아무것도 아니었지. 주느비에브…… 자네 기억나나, 우리는 그녀가 사람 냄새 나는 여자라고 말했었지. 사물의 의미를 발견하듯 나는 그녀를 다시 발견했네. 그리고 나는 마침내 그 내면을 발견한 세상 속을 그녀와 나란히 걷

고 있지…….

 주변의 사물들로부터 그녀는 그에게 모습을 드러냈다. 그녀는 천 가지의 불화를 해결하는 중재자였고, 천 가지의 조화를 만들어내는 중매인이었다. 그녀는 마로니에 나무를, 넓은 가로수 길을, 그리고 그 분수를 그에게 되돌려 주었다. 각각의 것들은 영혼의 핵심이 되는 비밀을 다시금 그에게 가져다주었다. 이를테면 그 공원은 더 이상 미국인 관광객들에게 보이기라도 할 것처럼 다듬어지거나 손질되지 않았다. 대신, 낙엽들이 군데군데 널려 있고, 연인들이 흘리고 간 손수건 따위를 볼 수 있는 무질서한 곳이었다. 그리고 공원은 하나의 덫이 되었다.

2.

주느비에브는 지금까지 남편 에를랭에 대한 이야기를 한 번도 한 적이 없었다. 그런데 오늘 저녁에는 베르니스에게 이렇게 말했다.

"저녁에 따분한 파티가 있어요, 자크. 사람들이 엄청나게 올 거예요. 와서 함께 저녁 먹어요. 그래 준다면 저는 덜 외로울 거예요."

에를랭은 평소에 너무 과장되게 활달한 체한다. 자기들끼리 있으면 던져버릴 저런 과장된 행동을 왜 하는 걸까? 그녀는 걱정스럽게 남편을 쳐다본다. 이것은 남들에게 보이기 위한 가식적인 모습이다. 자만심 때문이라기보다는 스스로 자신감을 갖기 위해서이다.

"당신 생각이 맞습니다."

주느비에브는 얼굴을 돌려버린다. 그 잘난 체하는 몸짓이며 말투, 그리고 그 허세에 역겨움이 치민다.

"어이! 여기 시가 좀!"

이렇게 활동적이고 자신감에 도취된 남편의 모습은 본 적이 없다. 자신의 능력에 도취한 듯한 모습 말이다. 마치 무대 위에라도 서 있는 듯, 식당 안에서 그는 세상을 이끌어간다. 말 한마디로 웨이터와 지배인의 허를 찌르고, 말 한마디로 이들을 쥐락펴락한다.

주느비에브는 반쯤 웃다 말았다. 무엇 때문에 이런 정치적인 만찬회를 연 것일까? 무엇 때문에 반년 전부터 느닷없이 정치에 들떠 있는 것일까? 에를랭은 무언가 '획기적인' 생각이 떠오르거나 자신에게서 무언가 '단호한' 태도가 이는 것을 느끼는 것만으로도 스스로를 무척이나 강한 사람이라 생각한다. 따라서 그는 자아도취에 빠져 냉정함을 약간 잃은 상태에서 자기 자신을 바라보는 것이다.

주느비에브는 그 무리에서 빠져나와, 베르니스에게 다가왔다.

"돌아온 탕자님, 사막 이야기 좀 들려주세요······. 언제쯤이나 아주 돌아오게 되나요?"

베르니스는 그녀를 바라본다. 옛날이야기 속에서처럼 이 낯선 여인 뒤에 숨겨진 열다섯 살 소녀가 자신에게 미소 짓는 것을 발견한다. 여자 아이 하나가 모습을 감추려 하지만, 그런 행동이 어렴풋이 드러나며 아이는 곧 자신의 정체를 드러내고 만다. 주느비에브, 나는 그대라는 존재를 몸 밖으로 끄집어 낼 마법의 주문을 기억한다. 그대를 두 팔로 끌어당겨 아파할 정도로 꼭 껴안으면 그대는 울음을 터뜨리며 다시 소녀로 되돌아갈 것이다······.

남자들은 이제 주느비에브 쪽으로 몸을 숙여 지나칠 정도로 정중하게 유혹의 자세를 취한다. 마치 재기(才氣)나 이미지로 여자들을 손에 넣을 수 있다는 듯, 여자란 그 같은 수작에 대한 포상이라도 되는 듯 착각하는 모양새다. 그녀의 남편 또한 유혹의 몸짓을 보여준다. 오늘밤 그는 그녀를 탐할 것이다. 그는 다른 사람들이 그녀를 탐할 때 그녀의 매력을 발견한다. 이

브닝드레스를 입고 까르르 웃어대며 상대에게 즐거움을 주려고 노력하는 가운데, 그녀에게서 작부의 분위기가 풍길 때가 그렇다. 주느비에브는 그가 저속한 취향을 가졌다고 생각한다. 사람들은 어째서 그녀의 모습 전체를 사랑하지 않는 걸까? 사람들은 그녀의 일부분만을 좋아하고 나머지는 아예 거들떠보지도 않는다. 그저 음악이나 사치를 좋아하듯 그녀를 사랑하는 것이다. 주느비에브는 재치 있고 감성적이며 사람들은 그녀를 갈구한다. 하지만 그녀의 믿음이나 느낌, 생각 따위에는 전혀 아랑곳하지 않는다. 아이에 대한 애정이라든가, 극히 정상적인 그녀의 근심거리 등 이런 숨겨진 부분들은 아예 무시해 버린다.

그녀 곁에서는 모든 남자들이 패기를 잃어버린다. 그녀에게 화를 내다가도 금세 누그러지고, 모두들 그녀의 기분을 좋게 해주려고 애쓰는 것 같다. '제가 바로 당신이 원하는 남자입니다.'라고 말하는 거다. 그건 사실이다. 그런 것은 남자에게서 아무런 의미도 없다. 중요한 것은 단지 그녀와 잠자리를 함께 하는 것뿐이다.

주느비에브가 언제나 사랑을 생각하는 것은 아니다. 그녀에게는 사실 그럴 시간조차 없다. 그녀는 약혼 시절의 처음 며칠을 떠올리며 미소를 짓는다. 그걸 보고 에를랭은 갑자기 자신이 주느비에브를 사랑한다는 사실을 깨닫는다. 그것을 잊고 있었던 걸까? 에를랭은 주느비에브에게 말을 걸고 싶어한다. 그녀를 길들이고 정복하고 싶다.

"아이, 정말. 시간이 없어요……."

그녀는 그의 앞장을 서서 오솔길을 걸으며, 노래의 리듬에 맞춰 가느다란 막대기로 나뭇가지들을 두드렸다. 축축한 땅은 좋은 느낌을 안겨줬고, 나뭇가지에서 이들의 얼굴 위로 빗물을 뿌려댔다. 그녀는 혼자 되뇌인다. '나는 시간이 없어요, 시간이!' 무엇보다도 온실로 가서 꽃들을 살펴보려면 서둘러야 했다.

"주느비에브, 당신은 매정한 여자야!"

"맞는 말이에요. 이 장미들 좀 보세요. 얼마나 탐스러운지! 멋지고 탐스러운 꽃송이잖아요."

"주느비에브, 키스하고 싶어."

"물론이죠. 안 될 거 뭐 있나요? 내 장미들이 마음에 들어요?"

남자들은 언제나 그녀의 장미를 좋아했다.

"아니에요, 아니에요, 자크. 전 슬프지 않아요."

그녀는 반쯤 몸을 베르니스에게 기대며 말했다.

"생각이 나요……. 저는 참 이상한 여자애였죠. 제멋대로 하느님을 만들어냈어요. 치기 어린 좌절감이 찾아올 때면, 저는 하루 종일 대책 없이 울었어요. 하지만 밤이 되어 입김으로 램프 불을 끄고 나면, 저는 제게 친구가 되어주신 그분을 다시 찾아가요. 그분께 기도하며 저는 이런 얘기를 하지요. '제게 이런 일이 일어났습니다. 저는 너무도 미약해서 쑥대밭이 된 제 삶을 어찌 손 쓸 도리가 없습니다. 하지만 저는 당신께 모든 것을 맡깁니다. 당신은 저보다 훨씬 더 강하신 분이니까요. 모든 걸 당신 뜻에 맡깁니다.' 그러고 나서 잠자리에 들었어요."

확신할 게 별로 없는 상황 속에서는 복종하는 것들이 너무도 많다. 그녀는 책들과 꽃들, 친구들 위에 군림했으며, 그들과의 계약관계를 유지하고 있었다. 그녀는 사람들의 웃음을 자아내는 코드를 알고 있었다. 사람들을 한데 이어주는 말도 알고 있었다. 그저 "아! 당신이군요! 내 오랜 점성술사님!"이라고만 하면 되는 거였다. 아니면 베르니스가 들어왔을 때에는 "앉아요, 돌아온 탕자님……."이라고 말하기도 했다. 저마다 하나의 비밀로써 그녀에게 연결이 되어 있었고, 내 속을 들킨다는 달콤함, 함께 연루되어 있다는 묘미로써 그녀와 친밀해졌다. 가장 순수한 우정이 범죄처럼 그 깊이를 더해갔다.

"주느비에브, 여전히 당신은 모든 것을 지배하는군."

베르니스가 그녀에게 말했다.

그녀가 의자를 끌어당기거나 거실의 집기들을 조금씩 움직여주면, 베르니스는 세상에서 자기 자리를 찾은 듯한 느낌에 놀라움을 금치 못했다. 하루 일과가 끝난 후 산만한 음악과 훼손된 꽃들 등 우정이 지상에서 휩쓸고 간 모든 것은 처음에는 얼마나 고요히 설레게 했던가. 주느비에브는 소리 없이 자기 왕국에 평화를 만들어놓았다. 그러면 베르니스는 한때 자신을 사랑했던 이 작은 포로 소녀가 그녀 안에서 무척이나 멀리 떨어진 곳에 자리 잡아 잘 보호되고 있음을 느낄 수 있었다.

하지만 어느 날 갑자기 반란이 일어났다.

3.

"잠 좀 자게 해줘요······."

"이럴 수 있어? 일어나 봐. 아이가 숨이 넘어가잖아."

잠시 잠이 들었던 그녀는 그 소리에 화들짝 깨어나 아이의 침대로 달려갔다. 아기는 자고 있었다. 열 때문에 얼굴이 반들거리고 호흡은 가빴지만, 아이는 평온해 보였다. 아직 잠이 덜 깬 주느비에브에게는 아기의 숨소리가 예인선의 증기를 내뿜는 소리같이 가쁘게 들렸다.

"얼마나 힘들까!"

아기는 벌써 사흘 동안이나 이런 상태였다! 그녀는 다른 생각은 아무것도 할 수가 없어서 허리를 굽히고 아이를 내려다

보고 있었다.

"왜 당신은 애가 숨이 넘어간다고 했어요? 왜 그렇게 사람을 놀라게 해요?"

그녀의 심장은 아직도 놀라서 팔딱팔딱 뛰고 있었다.

"난 그런 줄만 알았지."

에를랭이 대답했다.

그녀는 남편이 거짓말을 하고 있다는 것을 알고 있었다. 갑자기 불안이 엄습해 오자 그 고통을 혼자서 감당할 수가 없었고, 이를 그녀와 함께 나누고 싶었던 것이다. 그는 자신이 고통받는 상황에서 세상이 평화롭게 굴러가는 꼴은 못 보는 사람이었다. 하지만 사흘 밤을 꼬박 뜬눈으로 지새운 그녀에게는 한 시간이나마 휴식이 필요했다. 이미 그녀의 머릿속은 자신이 무엇을 하는지 분간할 수 없을 정도로 멍해져 있었다.

그녀는 되풀이되는 남편의 이러한 거짓말 정도는 용서할 수 있었다. 그런 거짓말이야 뭐 그리 대수란 말인가! 수면시간을 따진다는 것이 우스운 일이다!

"요즘 당신은 철이 없어요."

그녀는 이렇게만 말하고 이어 남편의 기분을 풀어주기 위해 덧붙였다.

"당신은 어린애 같아요."

그녀는 불현듯 간호사를 돌아보며 시간을 물었다.

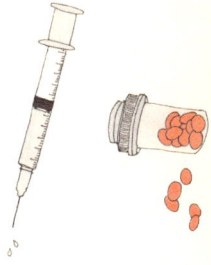

"2시 20분입니다."

"그래요?"

주느비에브는 마치 급하게 해야 할 일이라도 있는 듯 '2시 20분'을 되뇌었다. 하지만 그런 일은 없었다. 그저 어딘가 여행을 할 때처럼 가만히 기다릴 수밖에 없었다. 그녀는 침대를 매만진 다음, 약병을 가지런히 놓고 창문을 닫았다. 그러면서 주변에 눈에 보이지 않는 신비로운 질서를 만들어갔다.

"조금이라도 주무세요."

간호사가 말했다.

이어 침묵이 흘렀다. 그러다가 여행을 할 때처럼, 창밖으로 분간이 안 되는 풍경이 휙휙 지나가는 듯한 압박감이 그녀를 다시 무겁게 짓눌렀다.

"아무 탈 없이 잘 자랐건만······."

에를랭이 일부러 소리 높여 말했다. 주느비에브에게서 위로의 말을 듣고 싶었던 것이다. 비탄에 빠진 아버지를 위로해주

덧붙였다.

"당신은 어린애 같아요."

그녀는 불현듯 간호사를 돌아보며 시간을 물었다.

"2시 20분입니다."

"그래요?"

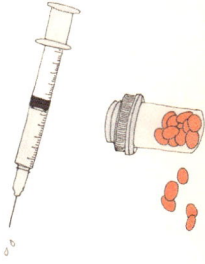

주느비에브는 마치 급하게 해야 할 일이라도 있는 듯 '2시 20분'을 되뇌었다. 하지만 그런 일은 없었다. 그저 어딘가 여행을 할 때처럼 가만히 기다릴 수밖에 없었다. 그녀는 침대를 매만진 다음, 약병을 가지런히 놓고 창문을 닫았다. 그러면서 주변에 눈에 보이지 않는 신비로운 질서를 만들어갔다.

"조금이라도 주무세요."

간호사가 말했다.

이어 침묵이 흘렀다. 그러다가 여행을 할 때처럼, 창밖으로 분간이 안 되는 풍경이 휙휙 지나가는 듯한 압박감이 그녀를 다시 무겁게 짓눌렀다.

"아무 탈 없이 잘 자랐건만……."

에를랭이 일부러 소리 높여 말했다. 주느비에브에게서 위로의 말을 듣고 싶었던 것이다. 비탄에 빠진 아버지를 위로해주

는 말을…….

"가서 볼 일 보세요."

주느비에브가 부드럽게 타일렀다.

"당신, 사업 일로 약속이 있잖아요. 어서 가 보세요."

그녀는 남편의 어깨를 부드럽게 떠밀었다. 그러나 남편은 자신의 괴로움을 곱씹고만 있었다.

"그런 얘기가 나오나? 이런 판국에……."

이런 판국이라……. '하지만 그 어느 때보다도 더욱 일을 해야 할 때가 아닌가!' 하는 생각이 들었다. 그녀는 갑자기 집 안을 정리하고 싶다는 강렬한 욕구가 생겨났다. 제자리에 놓여 있지 않은 저 꽃병, 아무렇게나 벗어놓아 바닥에 질질 끌리고 있는 남편의 외투, 선반 위의 먼지……. 모두 적이 다가와 남긴 발자취 같았으며, 어두운 붕괴의 조짐이었다. 그녀는 이 붕괴의 조짐과 맞서 싸웠다. 골동품의 금빛 광택과 제자리에 정돈된 가구들은 표면적으로 밝은 현실이었다. 온전하고 말짱하며 반짝거리는 모든 것은 알 수 없는 죽음으로부터 보호를 해주고 있는 듯한 기분이었다.

"튼튼한 아이니까 차차 나아질 겁니다."

의사는 몇 번이고 이렇게 얘기했다. 물론 맞는 말이었다. 이 아이는 잠을 자면서도 그 작은 두 주먹에 꽉 움켜쥐고 삶에 애착을 보였으니까. 그 모습이 참으로 예쁘고 강인해 보였다.

"부인, 밖에 나가 산책이라도 좀 하고 오세요."

간호사가 말했다.

"부인이 다녀오시면 저도 바람 좀 쐬어야겠어요. 그렇지 않으면 우리 둘 다 쓰러질 거예요."

참으로 이상했다. 눈을 감고 가쁜 숨을 몰아쉬는 이 아이가 두 여인을 기진맥진하게 하며 세상 끝까지 끌고 가는 것이었다.

주느비에브는 에를랭을 피하기 위해 밖으로 나왔다. 에를랭은 그녀에게 연설을 해대고 있었다. '내 기본적인 의무는……당신의 자존심이…….' 등 아직 잠이 덜 깨어 몽롱한 상태였던 그녀는 그가 무슨 말을 하는지 도통 알아들을 수가 없었다. 하지만 그 순간에도 '자존심' 같은 단어들이 나온다는 것이 그저 놀랍기만 했다. '자존심'이라니? 도대체 그게 무슨 말인가?

의사는 이 여인이 사뭇 놀라웠다. 이 젊은 여인은 전혀 눈물을 흘리지도 않을 뿐만 아니라 쓸데없는 말을 입에 담지도 않으며, 간호사처럼 꼼꼼하게 자신의 일을 도왔던 것이다. 그는 생명에 대한 그녀의 봉사에 감탄했다. 한편 주느비에브는 의사가 왕진을 오는 이 시간이 가장 안심이 되는 시간이었다. 의사가 그녀를 위로해 주었기 때문이 아니었다. 의사는 아무 말도 하지 않았다. 의사가 아이의 상태를 정확히 판단할 수 있었기 때문이다. 의사는 아이의 심각한 증세, 눈에 보이지 않는 증세, 정상적인 건강 상태가 아닌 그 모든 것들을 명확히 설명해주었다. 보이지 않는 상대와의 이 싸움에서 얼마나 든든한 보호벽이었던가.

이틀 전의 수술만 해도 에를랭은 울상을 짓다가 휴게실로 가버렸지만 그녀는 남아서 자리를 지켰다. 의사는 흰 가운을 입고 한낮의 권력자인 양 수술실로 들어왔다. 의사와 인턴은 재빠르게 전투를 시작했고, 그들의 입에서는 '클로로포름(chloroform, 표백분에 알코올 또는 아세톤을 넣고 증류하여 얻는, 무색의 유독한 휘발성 액체.)······.', '꽉 조여······.', 그리고 '요오드······.' 등의 간단명료한 말들과 명령들이 낮은 목소리로 무미건조하게 튀어나왔다. 그리고 문득 그녀는 비행할 때의 베르니스같이 막강한 전략 하나를 깨달았다. '우리는 이겨낼 거다.' 라는 자기

암시였다.

에를랭은 그때 그녀에게 이렇게 말했다.

"당신은 어떻게 그걸 다 지켜볼 수가 있었소? 당신처럼 냉정한 어머니도 다시없을 거요!"

아침에 그녀는 의사 앞에서 정신을 잃고 의자 아래로 스르르 미끄러져 내렸다. 그녀가 깨어났을 때, 의사는 어떤 용기나 희망의 말 따위는 하지 않았으며 조금의 동정도 보이지 않았다. 단지 그녀를 엄숙히 쳐다보며 이렇게 말했다.

"부인은 과로하셨습니다. 그러시면 안 됩니다. 명령입니다만 오늘 오후에는 산책 좀 하세요. 아, 극장에는 가지 마세요. 내용이 도통 머릿속에 들어가지 않을 겁니다. 하지만 그와 비슷한 무언가를 좀 하실 필요가 있습니다."

그러면서 의사는 혼자 생각했다. '여태껏 내가 봐온 것 중 가장 진실한 모습이군.'

• • •

주느비에브는 대로가 안겨주는 신선함에 새삼 놀라움을 금치 못했다. 길을 따라 걷는 동안 그녀는 자신의 어린 시절을 회상하면서 크나큰 휴식을 맛보았다. 나무와 초원들……. 모두 단순한 것들뿐이었다. 언젠가 한참의 세월이 흐른 뒤에, 그녀에게서 이 아이가 태어났다. 그건 이해할 수 없는 무엇인가였던 동시에 보다 더 단순한 일이기도 했다. 다른 그 무엇보다 더 확실한 증거였다. 그녀는 이 아기를 주변에 생명이 있는 다른 것들과 함께 보살폈다. 그녀는 말로 표현할 수 없는 무언가를 느꼈다. 그녀가 느낀 것은……. 그렇다, 그건 바로 자신이 새삼 현명해졌다는 사실이다. 또한 그녀 자신에 대한 확신이 생겼고, 모든 것과 연관이 되어 있는 스스로를 느꼈으며, 그 자신이 대형 음악회의 일원이 된 것 같았다. 저녁때 그녀는 창가 쪽으로 향했다. 밖에서는 나무들이 살아서 솟아올라 대지로부터 봄기운을 끌어올리고 있었다. 그녀 또한 그 나무들과 같은 처지였다. 그녀의 옆에서는 아기가 매우 가냘픈 숨을 쉬고 있었고, 그 가느다란 숨소리는 세상을 움직이는 엔진이 되어 세상에 활기를 불어넣어 주고 있었다.

하지만 지난 사흘 동안 도대체 무슨 일이 일어난 것인가! 창문을 열고 닫는 지극히 사소한 행위가 심각한 결과를 낳은 것

이었다. 더 이상은 무엇을 해야 하는지도 도무지 알 수가 없었다. 앞이 보이지 않는 세상에서 그런 손짓이 미칠 영향에 대해서는 알지 못한 채, 그저 약병과 시트와 아이를 어루만질 뿐이었다.

그녀는 골동품 가게 앞을 지나갔다. 주느비에브는 그녀의 거실에 있는 골동품들을 떠올렸다. 골동품들은 마치 태양빛을 끌어들이기 위한 덫처럼 여겨졌다. 그녀는 빛을 담아두고 있는 모든 것들이 좋았다. 반짝이면서 표면에 떠오르는 그 모든 게 좋았다. 반짝이는 수정에서 고요한 미소를 맛보기 위해 그녀는 걸음을 멈추었다. 오래된 맛 좋은 포도주에서 반짝이는 그것과도 같은 맛이었다. 피곤한 가운데 그녀의 머릿속에서는 빛과, 건강과, 삶에 대한 확신이 모두 뒤엉켜 버렸다. 그녀는 황금빛 못처럼 박혀 있는 저 햇빛을 생명의 빛이 조금씩 빠져나가고 있는 아이의 병실에 가져다놓고 싶었다.

4.

에를랭의 잔소리가 또다시 시작됐다.

"당신 지금 제정신이야? 그렇게 놀러다니고 골동품 가게나 기웃거릴 마음이 난단 말이야? 난 절대로 용서할 수 없어! 이건……."

그는 적당한 말을 찾아내려 애를 썼다.

"이건 감히 생각할 수도 없고, 끔찍하고, 엄마 소리 들을 자격도 없는 그런 짓이야!"

그는 기계적으로 담배 한 대를 꺼내 들고는, 한 손으로 빨간

담뱃갑을 흔들어 대고 있었다.

그가 계속해서 '자존심……' 어쩌고 떠들어대는 말을 들으며 주느비에브는 생각했다. '저 사람이 담배에 불을 붙이려고 하나?'

"그래, 엄마가 놀러다니는 동안 아이는 피를 토하고 있었어."

마치 결정적인 순간에 말하려고 아껴두었던 듯이 에를랭은 천천히 말했다. 주느비에브의 얼굴이 새파랗게 질렸다.

그녀는 방에서 나가려 했지만, 남편이 문 앞을 가로막고 섰다.

"나가지 마!"

그는 짐승처럼 숨을 거칠게 몰아쉬었다. 그는 혼자서 겪은 그 고통의 값을 받아내고야 말겠다고 작정한 것 같았다.

"나를 괴롭힐 작정이군요. 그럼 나중에 후회할 거예요."

주느비에브는 그저 이렇게 말하고 말았다.

그러나 그의 허풍과 무력함에 비수를 꽂은 이 말은 그의 분노를 폭발시키는 자극제가 되었다. 그는 고래고래 소리를 쳐대기 시작했다. 당신은 경솔하고 경박한데다가 언제나 자기가 그만큼 노력을 했지만 무관심했다는 것이었다. 자신은 늘

기만당해 왔으며, 또한 자기는 모든 것을 해주었는데, 당신은 아무것도 해준 것이 없다면서 모든 고통을 자기 혼자서 견뎌야 했다고 했다. 그러면서 인생은 언제나 외로운 것이라고 했다.

주느비에브는 기가 막혀서 돌아섰다. 하지만 그는 그녀를 거칠게 자기 앞으로 돌려세우고는 몰아붙였다.

"여자들의 잘못은 그 대가를 치르게 되어 있어."

그리고 그녀가 몸을 빼내려 하자, 그는 위협적으로 악담을 퍼부었다.

"아이가 죽어가고 있어. 천벌을 받은 거라고!"

그의 분노는 살인의 일격을 가하고 난 직후처럼 금방 수그러졌다. 이런 말을 내뱉고는 그 말에 자신도 놀란 모양이었다. 백지장처럼 하얗게 질린 주느비에브는 문 쪽으로 한 발 내디뎠다. 그는 그녀에게 자신이 얼마나 끔찍한 모습으로 비칠지 짐작이 갔다. 그는 오직 그녀에게 자신의 고상한 이미지만을 심어주고 싶었는데 말이다. 그 고약한 이미지를 좀 더 부드럽게 바꾸기 위해 그는 필사적으로 노력하며 갑자기 풀이 죽은 목소리로 중얼거렸다.

"미안해……. 이리 와……. 내가 미쳤었나 봐!"

그녀는 손잡이를 잡은 채 그를 향해 반쯤 돌아섰다. 그 모습은 그가 움직이기만 하면 당장에라도 도망칠 자세를 취한 들짐승처럼 보였다. 그에게선 움직임이 느껴지지 않았다.

"이리 와……. 할 말이 있어……. 나도 힘들어……."

그녀는 꼼짝도 하지 않았다. 그녀는 도대체 무엇을 무서워하는 것인가? 그는 아내가 이렇게 쓸데없는 겁을 내는 게 거슬렸다. 그는 자신이 제정신이 아니었으며, 자기가 너무 가혹했고, 옳지 못한 행동을 했으며, 오직 그녀만이 옳다고 말하고 싶었다. 그러나 그러기 위해서는 먼저 그녀가 가까이 와서 자신에 대한 믿음을 보여주어야 했다. 그녀가 자신의 속내를 완전히 열어 보여야 했다. 그러기만 한다면 그는 그녀 앞에 무릎이라도 꿇을 생각이었다. 그러면 그녀도 이해해 줄 것이다……. 그런데 이미 그녀는 손잡이를 돌리고 있지 않은가?

그는 팔을 뻗어 거칠게 그녀의 손목을 잡아챘다. 그녀는 몹시 경멸하는 눈초리로 그를 바라보았다. 그는 오기가 생겼다. 이렇게 된 이상 이제 힘으로 그녀를 제압해야 할 것 같았다. 그런 다음 '자, 손을 풀어 줄 테니 어디 해볼 테면 해봐.' 라는 말을 해야 한다.

• • •

  그는 아내의 가냘픈 팔을 살짝 잡아끌더니, 점점 더 우악스럽게 잡아당겼다. 그녀가 그의 뺨을 때리려고 손을 쳐들자, 그 손마저 그에게 잡히고 말았다. 이제 그는 그녀에게 고통을 안겨주고 있었고, 그도 그것을 알고 있었다. 그는 도둑고양이를 붙잡아 길들이며 쓰다듬어 준다는 것이 오히려 고양이를 숨막히게 하는 아이들이 생각났다. 그는 한숨을 내쉬었다. '나 때문에 그녀가 힘들어하고 있잖아. 이제 다 틀렸어.' 짧은 순간 그는 주느비에브를 목 졸라 죽이고 싶은 간절한 충동을 느꼈다. 자신의 끔찍한 이미지와, 자기 자신조차도 두려운 그 모습을 주느비에브와 함께 지워버리고 싶었다.

  그는 갑작스런 무력감과 공허함에 사로잡혀 손가락에 힘을 풀었다. 그러자 그녀는 서두르지 않고 침착하게 그에게서 물러섰다. 마치 더 이상 두려울 것도 없다는 기색이었으며, 갑자기 모든 걸 초월한 듯싶었다. 남편은 이미 그녀의 안중에 없었다. 그녀는 느릿느릿 움직이며 머리를 매만지더니, 몸을 꼿꼿이 세우고는 방을 나갔다.

그날 저녁, 베르니스가 찾아왔지만, 그녀는 이 일에 대해 함구했다. 이런 이야기란 남에게 말하는 것이 아니니까. 대신 그녀는 어린 시절 함께 보냈던 추억과 머나먼 외지에서 지낸 그

의 생활에 대해 얘기해 달라고 했다. 그녀는 어린 시절의 모습으로 그에게 다가가고 싶었으며, 그 모습과 더불어 당시의 추억들로 위로받고 싶었던 것이다.

그녀는 그의 어깨에 이마를 기대었다. 베르니스는 주느비에브가 자기의 어깨에서 안식처를 찾아 자신에게 다가오고 있다는 생각이 들었다. 그녀도 그런 생각을 한 것이 분명했다. 다정한 가운데에서 사람은 자기 자신을 걸고 모험에 뛰어드는 일이 별로 없다는 사실을 두 사람은 알지 못했던 것 같다.

5.

"주느비에브, 무슨 일이에요? 이런 시각에 당신이 우리 집엘 다 오다니……. 세상에! 얼굴이 몹시 창백하군요?"

주느비에브는 아무 말도 없었다. 쉼 없이 똑딱거리는 괘종시계 소리만이 귀찮게 들려왔다. 벌써 램프의 희미한 불빛이 새벽 여명으로 희미하게 바래지고 있었다. 마시면 열이 오르는 씁쓸한 음료수 같은 느낌이다. 창문에서 역겨움이 밀려온다. 주느비에브는 가까스로 말문을 열었다.

"불빛이 보이기에 왔어요……."

이어 주느비에브는 더 이상 할 말이 생각나지 않았다.

"그랬군요, 주느비에브. 나는…… 나는 보다시피 책장을 뒤적거리고 있었어요……."

종이표지의 책들이 노랑, 하양, 빨강의 얼룩을 지어놓은 것처럼 놓여 있었다. 주느비에브는 그 모습이 흩뿌려진 꽃잎들 같다고 생각되었다. 베르니스는 그녀의 반응을 기다렸지만, 주느비에브는 미동도 하지 않았다.

"주느비에브, 나는 이 안락의자에 앉아서 몽상에 잠겨 있었어요. 이 책 저 책 뒤적거리다 보니 모두 읽은 것 같은 기분이 들더군요."

그는 내심 흥분을 감추기 위해 노인 같은 소리를 했고 침착한 말투로 덧붙였다.

"주느비에브, 무슨 할 말이 있는 것 같군요?"

말은 그렇게 했지만 그때 그의 마음속에는 '이게 사랑의 기적이구나.'라는 생각이 들었다.

주느비에브는 한 가지 상념과 씨름하고 있었다. '이 사람은 아무것도 모르고 있어.' 하면서 여자는 그의 질문에 깜짝 놀란 표정으로 그를 쳐다보며 큰 소리로 말했다.

"그냥 온 거예요……."

그리고는 손으로 이마를 짚었다.

창문의 유리가 점점 하얗게 변하면서 방 안에는 수족관 속 같은 창백한 광선이 퍼졌다. '램프 불빛이 빛을 잃고 있구나.' 하고 주느비에브는 생각했다. 그런 다음 문득 힘겹게 이런 말을 꺼냈다.

"자크, 자크, 나를 데려가 주세요!"

베르니스는 하얗게 질렸다. 그는 그녀를 두 팔로 끌어안고 달래기 시작했다. 그녀는 두 눈을 감았다.

"나를 데리고 가주세요……."

그의 어깨에 기대 있으니 시간은 고통스럽지 않게 쏜살같이 흘러갔다. 모든 걸 포기한다는 게 모종의 기쁨을 안겨주는 듯했다. 자신을 내버리고 스스로를 물살의 흐름에 맡겨 놓아버리자, 마치 그 자신의 삶이 물처럼 유유히 흘러가는 것 같았다. 그녀는 간절히 바랐다.

"나를 힘들게 하지 말아줘요……."

베르니스는 그녀의 얼굴을 쓰다듬었다. 주느비에브의 머릿속에서는 한 가지 생각이 스쳐갔다. '다섯 살인데…… 이제 겨우 다섯 살이 됐을 뿐인데…… 어떻게 그런 일이…….' 이어 그녀는 이런 생각도 했다. '그 애에게 그토록 많은 것을 주었건만…….'

"자크…… 자크…… 내 아들이 죽었어요."

"보시다시피 집에서 도망쳐 나왔어요. 저는 지금 무척이나 안정이 필요한 상태예요. 지금 사태 파악조차 안 되고 있어요. 아직 고통스럽지도 않아요. 제가 모진 여자인 걸까요? 다른 사람들은 눈물을 흘리면서 저를 위로하려 하고 있어요. 저들은 자신들이 그토록 상냥하다는 것에 감동을 받은 것뿐이에요. 하지만 저는 아이와의 추억조차 떠오르지 않는걸요…….

당신이라면 저는 뭐든 다 얘기할 수 있어요. 죽음이란 주사, 붕대, 전보 등 엄청나게 무질서한 상황 속에서 찾아오더군요. 며칠 동안 한숨도 잠을 못 잔 멍한 상태에서 꿈을 꾸는 것 같았어요. 의사가 진찰하는 동안, 지끈거리는 머리를 벽에 기대는 것 말고는 달리 할 게 없었지요.

남편과의 말다툼은 어찌나 끔찍했는지 알아요? 오늘, 조금

전…… 그 사람이 내 손목을 잡았을 때, 난 그가 손목을 비틀어버리는 줄 알았어요. 이 모든 게 주사 한 대 때문이었죠. 그렇지만 나는 알고 있었어요. 아직 때가 되지 않았다는 것을요. 그러고 나서는 나에게 용서해 달라고 하더군요. 하지만 그건 중요한 게 아니었어요! 남편에게 나는 이렇게 말했지요. '알았어요…… 알았으니, 내 아이를 좀 보러 가게 해줘요…….' 남편은 문을 가로막았지요. '용서해줘……. 난 당신의 용서를 받아야 해.' 남편은 정말 변덕이 심한 사람이죠. '나 좀 제발 보내줘요. 당신을 용서한다고요.' 그러자 남편은 '입으로는 용서해도 마음으로는 아니잖아.' 계속 그런 식이었어요. 정말 미쳐버리는 줄 알았죠.

그런 일이 있고 난 뒤라서 그런지 절망을 느끼지도 않았어요. 오히려 평화롭고 차분한 기분이 들었을 뿐이었죠. 나는 생각했어요. 우리 아이는 잠을 자고 있는 것뿐이라고, 그뿐이라고 말예요. 새벽녘에 저 멀리 어딘지도 모르는 곳에 발을 내딛고는 무얼 해야 할지 모르는 상황 같았어요. 그러고는 생각했죠. '올 게 온 거야…….' 라고 말예요. 주사기와 약병을 쳐다보고 난 뒤에는 이런 생각이 들더군요. '이제 아무 의미 없어…… 올 게 온 거야…….' 그 뒤 정신을 잃었어요."

갑자기 그녀는 흠칫 놀랐다.

"여길 다 오다니, 내가 미쳤지."

그녀는 새벽빛이 그 엄청난 불행을 훤히 드러내 보여주고 있음을 느꼈다. 시트는 싸늘하게 널브러져 있을 것이었고, 수건은 가구 위에 아무렇게나 굴러다닐 것이었으며, 의자는 쓰러져 있을 것이었다. 이 같은 참극의 상황에 그녀는 서둘러 대처해야 했다. 의자도 제자리에 놓고, 화병도, 저 책도 제자리에 갖다 놓아야 했다. 삶을 둘러싸고 있던 것들을 본래대로 정리하기 위해 그녀는 헛되이 힘을 써야 했다.

6.

조문을 하러 사람들이 찾아왔다. 위로의 말을 건넬 때, 사람들은 말을 제대로 잇지 못하였다. 사람들은 들떠 있던 초라한 추억들이 그녀에게서 차분히 가라앉도록 내버려두었다. 무척이나 쉽사리 깨져버릴 침묵이었다. 그녀는 몸을 곧게 세운 채, 사람들이 조심스럽게 피하고 있는 죽음이란 말을 서슴없이 입에 올렸다. 그녀는 사람들이 자신의 눈치를 보며 말을 건네는 게 싫었다. 그녀는 사람들이 감히 그녀를 쳐다보지 못하도록 이들의 눈을 똑바로 바라보았으나, 그녀가 시선을 떨어뜨리기만 하면 그들은 다시금 그녀의 눈치를 보았다.

그런가 하면 응접실까지는 침묵을 지키며 걸어오다 응접실에 다다르면 분주한 발걸음을 하고는 그녀의 팔에서 균형을 잃고 쓰러지는 사람들도 있었다. 이들은 한 마디도 하지 않았다. 그녀 또한 이들에게 한 마디도 하지 않았다. 이들 때문에 그녀의 슬픔이 억눌렸다. 이들은 경직되어 있는 한 소녀를 가슴으로 꽉 안아주었다.

・・・

이제 그녀의 남편은 집을 팔자는 얘기를 꺼낸다. 그는 이렇게 말한다.

"이 집에 서린 서글픈 추억 때문에 우리가 힘들지 않소."

그는 거짓말을 하고 있다. 고통은 이미 친숙해진 상태였다. 하지만 그는 불안해하고 있었다. 남편은 무언가 커다란 제스처를 취하고 싶어 했다. 그는 오늘 저녁 브뤼셀로 떠날 예정이었다. 그녀는 나중에 따라가기로 되어 있었다.

"아시다시피 집안이 어수선해서 그래요……."

그녀의 모든 과거가 무너지고 있다. 오랜 정성을 들여 꾸며놓은 이 거실부터 시작해서, 사람이 들여놓은 것도 장사치가 들여놓은 것도 아닌 시간의 때와 함께 저곳에 놓여 있던 가구들까지, 그녀의 모든 과거가 무너지고 있었다. 이 가구들은 거실을 채우고 있는 것이 아니라, 그녀의 삶을 채우고 있었다. 의자를 벽난로로부터 멀찌감치 떼어놓고, 탁자를 벽에서 멀리 떨어뜨려 놓으니, 모든 게 처음으로 맨얼굴을 드러내며 과거 밖으로 벗어난 느낌이다.

"당신도 곧 떠나겠지요?"

그녀가 절망스럽게 운을 띄웠다.

수많은 약속들이 깨져버린 상태다. 이 세상 속에서 무수한 인연을 맺고 있었던 게, 이 세계의 질서가 유지되는 중심에 있었던 게 바로 아이였단 말이 아닌가? 죽음으로써 주느비에브에게 그 같은 좌절감을 안겨준 게 바로 아이였단 말이 아닌가? 그녀는 아무렇게나 내뱉었다.

"힘드네요······."

그러자 베르니스는 부드럽게 속삭였다.

"내가 당신을 데리고 가겠소. 내가 당신을 훔쳐가는 거요.

기억하나요? 내가 언젠가는 돌아오겠다고 말했었지요…… 내가 그런 말을 했었지요……."

베르니스는 양팔로 그녀를 꼭 껴안아주었다. 주느비에브가 머리를 약간 뒤로 젖히자, 눈가에 눈물이 가득 맺혀 있었다. 오로지 베르니스는 울고 있는 이 소녀를 두 팔로 꽉 안아주고 있을 뿐이었다.

O월 O일 쥐비 곶에서.

친애하는 베르니스, 오늘은 우편기가 도착하는 날이네. 비행기는 시스네로스를 출발했네. 곧 이곳을 지나 자네에게 보내는 책망 섞인 편지를 싣고 떠날 것이네. 자네가 보낸 편지에 대해서는 많이 생각해보았어. 더불어 포로가 되어버린 우리의 공주님에 대해서도…….

어제, 영원토록 바닷물에 씻겨나가며 무척이나 헐벗고 황량한 해변을 산책하면서, 우리의 모습이 마치 그와 비슷하다는 생각을 해보았네. 정말 우리가 이 세상에 존재하고 있는 것인지 사실 그것마저 잘 모르겠네. 해질 무렵의 서글픈 풍경 속에서, 자네는 반짝이는 해변 속으로 스페인 요새가 침몰하는 것을 본 적이 있었지. 신비로운 푸른색으로 해변에 투영된 요새의 모습은 요새 그 자체와 동일한 성질의 것은 아니었어. 그건 그렇게 현실적이지도, 그렇게 확실하지도 않은 자네의 왕국이었어. 하지만 주느비에브만큼은 그냥 그렇게 살도록 내버려두게나.

물론 지금 그녀가 얼마나 혼란스러운 상황 속에서 살아가고 있는지 모르는 바는 아니네. 하지만 인생에서 비극이란 드물게 나타나는 법이지. 청산해버려야 할 사랑도, 애정도, 우정도 별로 많진 않아. 자네가 에를랭에 대해 뭐라고 하든, 사람은 그렇게 중요한 게 아니야. 내 생각에 삶이란 말이지…… 뭔가 다른 것에 의지하고 있는 것 같아.

이런저런 습관, 관습, 법칙 등 자네가 그 필요성도 인정하지 못하고 벗어나버린 그 모든 것들이 바로 삶에 있어 하나의 틀이 되는 거야. 존재하고 있으려면 자기 주변에 감내해야 할 현실이 필요한 법이라네. 하지만 황당하건 부당하건 이 모든 게 그저 하나의 말에 불과하지. 주느비에브는 말일세. 자네가 그녀를 데려오면 주느비에브 자신에게서 그녀가 벗어나버리는 결과를 낳게 되네.

게다가 그녀는 자신이 필요로 하는 게 뭔지 알고 있나? 재물에 대한 습성도 그녀 자신은 자각하지 못하고 있네. 그녀의 삶이 내면적이라고 할지라도, 재산을 획득하고 외적인 흥분을 만들어주는 게 바로 재물이며, 세상 속의 이런저런 것들을 지속시켜주는 게 바로 재물이지. 눈에 보이지 않는 강물이 지하에서 한 저택의 벽을, 추억을, 그 영혼을 백 년 동안이나 먹여 살리는 것처럼 말일세. 그런데 자네는, 눈에 보이지는 않지만 집을 이루고 있던 수많은 물건들을 집에서 비워내듯 그녀에게서 그녀의 삶을 비워내려 하고 있어.

자네에게 있어서 사랑한다는 건 곧 새로 태어남을 의미한다는 걸 모르는 바는 아니네. 자네는 새로 태어난 주느비에브를 데려오는 것이라고 생각할 테지. 자네에게 있어 사랑은 때때로 그녀에게서 나타나며 램프처럼 쉽게 피어오르게 할 수 있는 두 눈의 빛깔 같은 거라고 생각했을 걸세. 사실 어떤 때는 지극히 단순한 말들이 엄청난 힘을 가지며 사랑을 더욱 키워주는 듯한 느낌을 받게 되지. 아마도 산다는 건 그와는 다른 문제인 듯하네.

7.

주느비에브는 이 커튼과 저 안락의자를 쭉 만져 보는 것이 어쩐지 서먹한 느낌이었다. 살그머니 만져본 것에 불과한데 마치 새로 발견한 경계석을 만지는 듯한 기분이었다. 지금까지는 이렇게 쓰다듬는 것이 하나의 즐거움이었는데…….

지금까지는 이런 세간들이 아무 때나 나타났다 사라졌다 하여 마치 무대배경의 움직임과 같이 경쾌해 보였다. 취향이 너무 확실한 그녀는, 이 페르시아 양탄자가 무엇을 뜻하는 것이며, 이 화가의 무늬 벽지가 무엇을 음미하는지 생각해 본 적이 없었다. 지금까지 이 장식들은 실내를 아늑하게 해주고 있었는데 이제 와서 이런 것들이 처음으로 그녀의 눈에 들어와 마음을 스산하게 하는 것이었다.

주느비에브는 생각했다.

'아무것도 아니야. 나는 여전히, 내 것이 아닌 삶 속에서 이방인으로 살아가고 있는 것뿐이라고.'

그녀는 안락의자에 몸을 파묻고는 두 눈을 감았다. 마치 급행열차의 한 칸에 앉은 것처럼 순간순간이 스쳐가며 집과 마을, 숲이 휙휙 뒤로 지나가 버리는 것 같았다. 하지만 눈을 뜨면, 앞에 보이는 건 늘 구리로 만든 둥근 고리뿐이었다. 변화란 눈치 채지 못하는 사이에 일어나는 것이다. 일주일 후에 눈을 뜨면, 나는 전혀 다른 사람이 되어 있겠지. 그가 나를 데려갈 테니까.

...

"우리 집 어떻게 생각해요?"

왜 벌써 그녀를 깨운 것일까? 그녀는 주위를 둘러보았지만 자신의 느낌을 어떻게 표현해야 할지 생각이 나지 않았다. 이 집을 꾸미고 있는 장식에는 뭐랄까 시간이 깃들어 있지 않은 느낌이다. 뼈대도 굳건하지 않은 느낌…….

"이리 와요, 자크, 당신 거기 있었군요……."

어스름한 빛이 남자 혼자 사는 그 방의 벽지와 긴 의자 위로 비추었다. 벽에 걸린 모로코 직물 위로도 비추었다. 모든 게 5분 만에 붙였다 떼었다 할 수 있는 것들이었다.

"자크, 왜 벽을 이렇게 가린 거죠? 왜 손으로 벽을 만져보기 힘들게 한 거죠?"

그녀는 손바닥으로 돌을 쓰다듬는다거나, 집 안에 있는 보다 단단하고 견고한 것들을 어루만지는 걸 좋아했었다. 이런 것들이 마치 한 척의 배처럼 오랫동안 사람을 태워줄 수 있다고 생각하는 것 같았다.

그는 자신이 보물처럼 여기는 기념품들을 그녀에게 보여주었다. 그녀는 그것이 무엇인지 알고 있었다. 그녀는 예전에 파리로 돌아와 유령 같은 생활을 하던 식민지 주둔 장교들을 알고 있었다. 그들은 큰길에서 서로 마주치면 아직 살아 있는 것에 대해 서로 놀라워하곤 했었다. 그들의 집에 가보면 사이공의 집이나 마라케시의 빌라를 회상할 수 있었다. 그들은 그곳에서 여자 이야기나 동료 이야기, 혹은 승진에 관한 이야기들을 했다. 하기는 그곳에서는 벽의 살아 있는 조직 같아 보였을 커튼이 여기서는 죽은 물건이나 마찬가지였다.

그녀는 손가락으로 얄팍한 청동 그릇들을 만져 보았다.

"내 골동품들이 맘에 들지 않아요?"

"미안해요, 자크…… 이것들은 좀……."

그녀는 감히 '천박한'이라는 말은 할 수가 없었다. 그러나 복제품이 아닌 진품의 세잔느의 그림과, 모조품이 아닌 진품 가구만을 알고 사랑했던 그녀의 고고한 취향이고 보면 이런 자크의 골동품들은 그녀의 안중에 있을 수 없었다.

그럼에도 그녀는 아주 너그러운 마음으로 모든 것을 희생할 각오가 되어 있었다. 그와 함께라면 잿빛 감방이라 해도 견딜 수 있을 것이라고 생각했다. 하지만 정작 여기서는 자기 안의 무언가가 손상되는 듯한 느낌이었다. 부잣집 딸로서의 고상한 품위의 문제가 아니라, 이상하게도 본래 자신의 모습이 모독당하고 있는 것 같은 기분이 들었다. 자크는 그녀를 이해할 수는 없었지만, 그녀가 불편해하는 것을 느낄 수가 있었다.

"주느비에브, 나는 당신이 예전에 누렸던 호사를 누리게 해줄 수가 없어요. 나는……."

"아이, 자크, 무슨 말이에요! 무슨 생각을 하는 거예요? 저는 전혀 개의치 않아요……."

그녀는 그의 가슴으로 파고들었다.

"나는 그저 당신의 좋은 양탄자보다는 왁스로 잘 닦아놓은 마룻바닥이 더 좋아요……. 이제 제가 당신을 위해 모든 걸 손질해드릴게요."

그러다가 갑자기 그녀는 말을 멈추었다. 그녀가 바랐던 소박함이란 이들의 겉모습보다 오히려 훨씬 더 사치스럽고 돈이 많이 든다는 것을 깨달았던 것이다. 그녀가 어렸을 적에 뛰어놀던 거실, 호두나무로 만들어 번쩍거리던 마룻바닥, 몇 세기가 지나도 낡지도, 그렇다고 유행에 뒤지지 않던 그 육중한 탁자…….

그녀는 야릇한 우울함을 느꼈다. 그녀가 허용한 이의 재산에 대한 유감 때문은 아니었다. 아마도 그녀는 없어도 될 것들이 무엇인지 베르니스보다 더 알지 못했을 것이다. 하지만 새로이 시작하게 될 삶에서 풍족하게 사는 건 필요 이상의 것에 해당함을 그녀는 분명히 깨달았다. 그녀에게 호화로운 삶이 필요한 건 아니었다. 하지만 사물에 깃든 이 시간만큼은 이제 더 이상 소유하지 못할 터였다. 그녀는 생각했다. '전에는 집 안에 있던 물건들이 나보다 더 오래 지속돼왔었지. 그렇게 나를 맞아주고, 나와 함께 해주면서 굳건히 밤새도록 내 곁을 지켜주었었어. 하지만 이제는 내가 이 집 안의 물건들보다 더 오랜 체험의 소유자가 되겠군.'

그녀는 또한 '시골에 갔을 때는…….' 이라며 옛 생각을 더듬었다. 그녀는 울창한 보리숲을 통해 이 집을 다시 돌아봤다. 표면에서 보면 집은 더욱 안정감이 있어 보였다. 널찍한 돌계단이 땅속 깊이 틀어박혀 있었기 때문이다.

그곳에서 그녀는 겨울의 풍경을 떠올려본다. 숲 속의 앙상한 나뭇가지에서 푸른빛을 모두 앗아가는 겨울이면, 집은 뼈대만이 하나하나 드러났다. 세상의 골조마저 보이는 것 같았다.

그녀는 걸으면서 휘파람으로 개들을 부른다. 그녀의 발이 움직일 때마다 발아래에서 낙엽들이 바스락 소리를 낸다. 그러나 그녀는 알고 있었다. 모든 것을 휘몰고 간 겨울이 마른 풀을 뜯어내고 정돈을 한 후에는 봄이 온 누리를 채우고, 나뭇가지 위로 타고 올라 새순을 싹틔울 것임을, 물의 깊이를 느끼게 하며 물과 같은 역동성을 지닌 이 둥근 나뭇가지들을 새롭게 단장해줄 것임을 그녀는 알고 있었다.

그녀의 아들은 여전히 그곳을 서성대고 있었다. 그녀가 창고에 들어가 설익은 마르멜로 열매를 뒤집어놓으려 할 때, 아이는 간신히 그곳을 빠져나간다. '아가야, 그렇게도 장난치고 다녔으니, 이제 잠을 자는 게 좋지 않을까?'

그곳에서 그녀는 죽은 자들의 표식을 보았고, 이를 두려워하지 않았다. 저마다 집안의 침묵에 그 자신의 침묵을 더해놓고 있었다. 책에서 눈을 떼고 숨을 죽이면서 이제 막 꺼져간 부르짖음을 맛보는 게 느껴진다.

죽은 자는 사라지는 건가? 변덕스러운 것들 가운데 오직 저들만이 영속적인데도, 저들의 마지막 얼굴이 너무도 진실되어 그 무엇도 이를 부인할 수가 없는데도 죽은 자가 사라진다고 말 할 수 있겠는가?

'이제 나는 이 사람을 따라가게 될 것이고, 이 사람 때문에 괴로워하고, 이 사람 때문에 의심을 품게 되겠지.' 사실 그녀는 애정과 회의의 구분이 분명할 때에만 이 인간적인 혼동을 구별해낼 줄 알았다.

그녀는 눈을 뜨고는, 생각에 잠겨 있는 베르니스를 바라보았다.

"자크, 나를 보호해 줘야만 해요. 나는 이렇게 가난한 상태로 새 출발을 하는 것이니까요."

 설령 베르니스에게 그리 많은 힘이 없다고 하더라도, 책 속에서보다 아주 조금 더 현실적이며 쓸데없는 광경들밖에 없는 이 세상 속에서, 부에노스아이레스의 이 군중들과 다카르의 이 집에서, 그녀는 살아남을 것이다.

 하지만 베르니스는 몸을 숙여 그녀에게 부드럽게 말했다. 그가 자신에 대해 보여주는 이러한 감미로운 애정의 표현을 그녀는 믿고 싶었다. 그녀는 이 사랑의 이미지를 좋아하고 싶었다. 자신을 보호해 줄 만한 것은 그나마 이것밖에 없었으므로……

 오늘 밤 순간의 쾌락 속에서, 그녀는 이 연약한 어깨를, 이 보잘것없는 피신처를 찾아내어 거기에 얼굴을 묻으리라. 상처 입은 동물이 죽기 위해 얼굴을 파묻듯 그렇게 말이다.

8.

"나를 어디로 데려가는 거죠? 왜 나를 이리로 데려온 건가요?"

"주느비에브, 이 호텔이 마음에 들지 않아요? 다른 곳으로 갈까요?"

"예, 다른 곳으로 가요······."

그녀는 불안함이 섞인 듯한 목소리로 말했다.

자동차의 헤드라이트가 몹시 어두웠다. 그들은 구멍을 통과하듯, 힘겹게 어둠 속을 헤치고 나아갔다. 베르니스는 이따금씩 그녀를 흘끗 쳐다보았다. 주느비에브는 아주 창백해 보

였다.

"추워요?"

"조금요, 하지만 괜찮아요. 모피 옷 가져오는 걸 깜빡했네요."

그녀는 무척이나 덤벙대는 소녀 같았다. 그녀가 입가에 미소를 지어 보인다.

비가 내리기 시작했다.

'이런 젠장! 밤에 비까지 오다니!'

베르니스는 이렇게 혼잣말을 하면서도 지상낙원에 가려면 이런 것쯤 으레 거쳐야 하는 과정이라고 생각했다.

상스 지방 근처에 이르렀을 때 그들은 차를 세우고 점화 플러그를 갈아 끼워야 했다. 그는 휴대 전등마저 깜박 잊고 가져오지 않았다. 그는 비를 맞으면서 잘 듣지 않는 스패너를 서투르게 만졌다. '기차를 탈 걸 그랬어.' 하는 생각이 머릿속에서 집요하게 되풀이되었다. 그가 자가용을 선택한 것은 자동차가 주는 자유로운 이미지 때문이었다. 자유는 무슨 자유인가! 이렇게 떠나오고 나서 계속 바보짓밖에 더했던가. 대체 잊고 온 물건은 왜 그렇게 많으냐 말이다.

"다 되어가요?"

주느비에브가 그의 곁으로 다가왔다. 문득 그녀는 자신이 포로가 된 듯한 느낌이 들었다. 보초병들처럼 그들을 감시하고 있는 주위의 나무들, 도로 정비공의 저 오두막집. 정말 여기서 살아야 하나……

수리가 끝나자 그는 그녀의 손을 잡았다.

"열이 있는 것 같군요!"

그녀는 미소를 지으며 말했다.

"예……. 조금 피곤해요. 잠 좀 잤으면 좋겠어요."

"그런데 왜 비까지 맞으면서 차에서 내려왔어요?"

엔진도 시원치 않아서 가끔 멈추기도 하고 그르렁거리기도 했다.

"자크, 우리가 도착할 수 있을까요?"

그녀는 열에 들떠 정신이 혼미해져 있었다.

"도착할 수 있겠어요?"

"도착하고말고요, 이제 곧 상스예요."

그녀는 숨을 내쉬었다. 그녀는 자신의 능력을 넘어서는 일을 시도했던 것이다. 모두 이 시원찮은 엔진 때문이었다. 자기 앞으로 끌어다 놓기에는 나무 한 그루 한 그루가 너무도 무거웠다. 산 넘어 산이었다. 매번 처음부터 다시 시작해야 했다.

'안 되겠어, 또 차를 세워야겠어.' 베르니스가 이렇게 생각하는 순간 무언가 또 다른 곳이 고장 났을지 모른다는 생각에 이제는 겁이 났다. 꼼짝하지 않는 풍경 역시 마찬가지였다. 그 때문에 좋지 않은 생각들이 꿈틀대고 있었다. 그는 무언가 불가항력의 힘이 모습을 드러내는 것 같아 두려웠다.

"주느비에브, 부디 이 밤의 고약함에 대해서는 생각하지 말고…… 스페인에 대해서만, 오직 스페인에 대해서만 생각하도록 해요. 스페인, 좋아하죠?"

그녀의 가느다란 목소리가 어렴풋이 들려왔다.

"네, 자크, 좋아해요……. 그저……. 강도들이 조금 무서울 뿐이지요."

그녀가 부드럽게 미소를 지어 보였다. 이 말에 베르니스는 마음이 아팠다. 그 말인즉슨 스페인으로 향하는 이 동화 속 애기 같은 여정에 신뢰가 가지 않는다는 얘기밖에는 되지 않았다. 신임을 얻지 못하는 군대는 승리할 수 없다.

"주느비에브, 바로 이 비 때문에, 바로 이 밤 때문에 우리의 믿음이 자꾸만 깎여 들어가는 걸 거예요……."

갑자기 그는 이 밤이 고역과도 같은 질병의 느낌을 주고 있음을 깨달았다. 입안에서 고역 같은 그 맛이 느껴졌다. 새벽이 오더라도 희망이랄 건 없는 밤이었다. 그는 그 밤과 사투를 벌이며 속으로 한 마디 한 마디 되뇌었다. '이 비만 그친다면, 이 비만 그쳐준다면, 새벽에 이 병이 씻은 듯이 나을 텐데……' 이들에게서 무언가가 병들어가고 있었지만, 그는 그게 뭔지 몰랐다. 그는 썩어들어가는 건 바로 땅이라고 생각했고, 병이 든 건 바로 밤이라고 생각했다. 그는 이 병색이 완연히 가실 새벽을 기다렸다. "아침이면 나는 숨을 쉴 수 있을 거야."라거나 "봄이 되면 젊음의 기운이 샘솟겠는걸."이라고 말하는 사형수들처럼 그렇게 하릴없이 새벽을 기다렸다.

"주느비에브, 그곳에 있을 우리의 예쁜 집을 생각해봐요……"

그는 말해놓고 곧 해서는 안 될 말을 했다고 후회했다. 주느비에브의 마음속에 어떤 영상을 일으키도록 그려줄 만한 것이 전혀 없었기 때문이었다.

"그래요, 우리 집……"

주느비에브는 간신히 소리 내어 말을 해보았다. 그때 순간

적이나마 그녀의 열기가 스쳐왔다. 그녀는 뭔지 모르겠지만 말의 형태가 돼서 나오는 생각들을 떨어냈다. 그에게 두려움을 안겨주는 생각들이었다.

베르니스는 상스 지역의 호텔이 어디 있는지 몰라서 가로등 아래 잠시 차를 세우고, 여행 안내서를 펴들었다. 거의 다된 가스등이 그림자를 만들어냈고, 희끄무레한 벽 위로 칠이 벗겨져 '자전거……' 외에는 글씨를 알아보기 어려운 간판 하나를 비춰 보였다. 그에게는 이게 세상에서 가장 서글프고 가장 저속한 단어 같았다. 한 번도 본 적 없는 그런 단어 같았다. 보잘것없는 생의 상징이랄까. 문득 그는 이전의 생활들이 아주 보잘것없었을 텐데, 그때는 자신이 그것을 느끼지 못했을 뿐이었다고 생각했다.

"어이, 형씨, 불 좀 있어?"

비쩍 마른 세 놈이 킬킬대며 그에게 다가왔다.

"이 미국인들이 길을 찾고 있는 모양이군그래."

그러고 나서 그들은 주느비에브를 흘끗거렸다.

"당장 꺼져, 이 자식들아!"

베르니스가 으르렁거렸다.

"자네 계집 별 볼일 없군? 29번지에 사는 우리 계집도 한번 만나보는 게 어때?"

주느비에브는 겁이 나서 그에게 몸을 기댔다.

"뭐라는 거예요? 제발 그냥 가요."

"하지만 주느비에브……."

그는 하고 싶은 말을 참고 삼켰다. 우선 그녀를 위해 호텔을 찾아야 했다. 이 술 취한 놈들이야 뭐가 그리 대수인가? 그는 그녀가 열이 나고 몸이 지쳐 있다는 것을 깨닫고는 이런 작자들과 시간을 낭비할 필요가 없다고 생각했다. 그는 이런 귀찮은 일에 그녀를 얽히게 한 것에 대해 스스로를 병적으로 나무랐다.

글로브 호텔문은 닫혀 있었다. 밤이 되면, 이 작은 호텔들은 모두 잡화상처럼 보였다. 그가 계속 문을 두드리자 마침내 문 저쪽에서 질질 끄는 발걸음 소리가 다가왔다. 야간 관리인이 문을 빠끔히 열었다.

"빈방 없습니다."

"부탁입니다. 아내가 지금 많이 아파요!"

베르니스가 간청했지만 이미 문은 닫혀버린 후였다. 발소리는 복도 쪽으로 사라져버렸다.

 이들 뜻대로 되는 일이 하나도 없었다. 주느비에브가 물었다.

 "뭐라는 거죠? 왜, 대체 왜 대답도 안 해주는 거죠?"

 베르니스는 하마터면, 여기는 파리의 방돔 광장이 아니라고, 작은 호텔들은 배가 부르면 손님을 받지 않는 모양이라고 말할 뻔했다. 그것은 지극히 당연한 일이었다. 그는 아무 말 없이 운전석에 앉았다. 그의 얼굴이 땀으로 번들거렸다. 시동도 걸지 않은 채, 그는 번들거리는 포장도로를 뚫어져라 쳐다보고 있었다. 빗방울이 목덜미로 흘러들었다. 그는 지구 전체의 무기력을 그가 해소해야 하는 것 같은 느낌을 받았다. 그리고 다시 또 어리석은 생각이 들었다. 날이 새기만 한다면…….

 하지만 이럴수록 정감 어린 말이 필요했다. 때맞춰 주느비에브가 그런 말을 했다.

 "이런 건 아무렇지도 않아요. 이게 다 우리의 행복을 위한 거잖아요."

 베르니스는 그녀를 쳐다보았다.

 "이해해줘서 고마워요."

그는 감동을 받았다. 키스라도 해주고 싶었다. 그러나 이 비와, 이 불편함과, 이 피로감에 그는 다만 그녀의 손만을 잡아주었다. 아까보다 열이 더 올라 있었다. 매순간 이 연약한 몸은 조금씩 부서져 가고 있었다. 그는 이런저런 생각들을 떠올리며 침착해지려 애썼다. '뜨거운 그로그 한 잔을 마시게 해주면 아무것도 아닐 거야. 아주 따끈한 걸로 한 잔 줘야지. 그리고 담요로 몸을 꽁꽁 싸주면 될 거야. 이 힘겨웠던 여행을 떠올리며 서로를 바라보고는 웃음 짓게 되겠지.'

그는 막연한 행복감을 느꼈다. 그러나 눈앞에 닥친 현실은 이런 공상과는 얼마나 동떨어져 있던가! 다른 두 곳의 호텔은 아예 나와 보지도 않았다. 그럴 때마다 그는 공상을 다시 해야 했고, 그럴 때마다 공상은 조금씩 현실에서 멀어져갔다. 현실을 살찌워주던 그 공상이 갖고 있던 미약한 힘이 그렇게 사라져갔던 것이다.

주느비에브는 아무 말이 없었다. 그는 그녀가 아무런 불평도 하지 않을 거란 사실을, 그리고 아무런 군말 없이 그저 따라오기만 할 거란 사실을 깨달았다. 그는 몇 시간이고 며칠이고 차를 굴려갈 수도 있었으나, 이에 대해 그녀는 아무 말도 안 할 것이었다.

'내가 지금 무슨 생각을 하는 거지? 꿈을 꾸고 있는 건가?'

"내 사랑스런 주느비에브, 많이 아파요?"

"아뇨, 이젠 괜찮아요. 좀 나아졌어요."

그녀는 이제 막 너무 많은 실망감을 느낀 참이다. 그리고 이 모두를 단념해버렸다. 다름 아닌 그를 위해서다. 그가 자신에게 줄 수 없는 것이라면 단념하는 게 낫다고 생각한 것이다. 그건 마치 의욕이 사라져버린 것이나 다름없었다. 그렇게 그녀는 조금씩 더 나아질 것이고, 그러다가 행복마저도 포기하고 말 것이다. 그녀의 상태가 완전히 좋아지고 나면, 아마도 그녀는 '이 얼마나 바보 같은 짓인가. 내가 아직도 꿈을 꾸고 있나 보군.'이라고 생각해버리고 말 것이다.

그들은 에스페랑스 호텔과 앙글르테르 호텔 앞에 차를 세웠다. '비즈니스 여행객 특별 할인'이라는 문구가 쓰여 있었다.

"주느비에브, 내 팔에 기대요……. 예, 방 하나 주세요. 그리고 따끈한 그로그 한잔 빨리 가져다주세요! 아내가 많이 아파요. 얼른 뜨거운 걸로 한잔 갖다 주세요!"

비즈니스 여행객에게는 특별 할인이라. 어째서 이 구절이 그렇게도 초라하게 느껴진 것일까?

"자, 여기 앉아요. 그럼 좀 나아질 거예요."

부탁한 그로그는 왜 이리 안 올까? 비즈니스 여행객에게는 특별 할인이라······.

노쇠한 메이드가 서둘러 달려왔다.

"아이고, 부인. 딱하기도 하셔라. 몹시 떨고 계시는군요. 얼굴은 창백하시고. 물 끓일 주전자라도 하나 가져다 드리지요. 14호실입니다. 아주 널찍하고 깨끗한 방이죠. 그럼 손님, 숙박계를 좀 써 주십시오."

잉크 얼룩이 묻은 펜을 손에 들자, 그는 문득 그녀와 자신의 성이 다르다는 것을 깨달았다. 아마도 종업원들이 주느비에브를 이상한 눈으로 바라볼 것 같았다.

'나 때문이야. 어쩌면 이리 융통성이 없는지!'

이번에도 그녀가 도와주었다.

"애인이라고 쓰면 되지 않을까요?"

그들은 파리에 대해, 앞으로 일어날 추문에 대해, 당황해 어쩔 줄 몰라 하는 친지와 이웃 사람들에 대해 생각했다. 아주 곤란한 일이 지금 막 그들 앞에 나타난 것이다. 그러나 그들은 서로의 생각을 읽게 될까 두려워 입을 다물 수밖에 없었다.

베르니스는 엔진이 속을 썩인 일이나, 빗방울 몇 개 맞은 일, 호텔을 찾느라 헤맨 10여 분을 빼고는 지금까지 정작 문제라고 할 수 있는 아무것도 일어나지 않았음을 깨달았다. 그들이 극복했다고 생각했던 힘 빠지는 난관들이 그들 자신에게서 비롯되고 있었다. 주느비에브도 결국 그 자신에게 불평을 하고 있던 것이었고, 그녀 자신에게서 떼어놓으려 했던 것이 너무도 강력했던 나머지 이미 주느비에브 그 자신은 만신창이가 되어버리고 말았던 것이다.

그는 그녀의 두 손을 잡았다. 그러나 여전히 그 어떤 말도 소용없으리란 걸 잘 알고 있었다.

● ● ●

그녀는 잠이 들었다. 그의 생각이 미친 곳은 그녀와 나누게 될 사랑이 아니었다. 하지만 이상하게도 그는 몽상에 잠겼다. 지나간 일들에 대한 회상이었다. 램프의 불길이 꺼져가는 듯했다. 서둘러 램프에 기름을 부어 꺼지지 않게 해야 한다. 그리고 그 자신이 만들어내고 있는 강한 바람으로부터도 램프의 불길을 지켜줘야 한다.

하지만 이 초연함은 무엇인가. 그는 차라리 그녀가 재물에라도 욕심을 내기를 바랐다. 상처 받고 감동받으며, 또 소리라도 질러서 갖고 싶은 것을 갖고 마는 아이처럼 굴기를 바랐다. 그러면 비록 그의 형편이 보잘것없다 할지라도, 그녀에게 줄 게 많았을 텐데 말이다. 하지만 그는 배고프지 않은 이 소녀 앞에서 초라하게 무릎을 꿇고 있지 않은가.

9.

"아뇨, 그냥 좀…… 내버려둬 줄래요…… 아…… 벌써 그렇게 됐나……."

베르니스는 일어나 있었다. 꿈속에서의 그는 마치 무거운 배를 끌고 가는 예인선처럼 몸짓 하나하나가 버거웠다. 자아의 심연으로부터 힘겹게 자아를 끌어올리는 사도의 몸짓과도 같았다. 그의 발걸음 하나하나가 마치 무희의 스텝처럼 의미심장했다.

"주느비에브……."

그는 방 안을 이리저리 서성거렸다. 그 꼴이 참으로 우스웠다.

새벽은 이제 유리창의 더러움을 드러내고 있었다. 지난밤의 유리창은 짙은 푸른색이었다. 램프 불빛을 받아 사파이어의 깊은 색을 품고 있었다. 지난밤의 유리창은 멀리 별나라에까지 닿아 있었다. 꿈을 꾼다. 상상을 해본다. 뱃머리에 서 있다.

주느비에브는 자기의 몸쪽으로 무릎을 오그렸다. 피부가 덜 구워진 빵처럼 물렁거리는 느낌이었고, 심장이 너무 빨리 뛰어 아플 지경이었다. 마치 달리는 기차 안에서 차축의 박자에 맞춰 규칙적으로 뛰고 있는 듯했다. 차창에 이마를 대면 바깥의 풍경이 삽시간에 흘러간다. 그 풍경들은 검은 덩어리처럼 되어 마침내 지평선의 품속으로 평온하게 감싸진다. 죽음처럼 달콤하다.

그녀는 자신을 붙잡아달라고 소리치고 싶었다. 사랑으로 감싸 안는 두 팔은 상대의 과거, 현재, 미래를 함께 감싸 안아준다. 사랑으로 감싸 안는 두 팔은 당신 전부를 그러안아 준다.

"괜찮아요…… 그냥 좀 내버려둬 주세요……."

그리고 그녀는 자리에서 일어났다.

10.

베르니스는 이 결정이 자신들의 의지와 무관하게 이뤄진 것이라고 생각했다. 모든 게 이렇다 할 대화도 오고 가지 않은 채 진행됐다. 이렇게 돌아가는 게 어쩌면 미리 짜여진 각본이 아니었나 하는 생각마저 들었다. 몸이 이렇게 아픈 상태에서는 여행을 계속할 수 없는 상황이었다. 나중이 되면 알겠지. 에를랭 또한 멀리 갔다 오느라 잠시 자리를 비운 상태였으므로, 모든 건 곧 원래대로 자리를 잡을 것이었다. 베르니스는 모든 게 이토록 간단해 보일 수 있다는 것에 자못 놀랐다. 실상은 그렇지 않다는 것 또한 그는 잘 알고 있었다. 수월하게 처신할 수 있는 건 바로 그들이었다.

게다가 그는 그 자신에 대해서도 의심이 들기 시작했다. 그는 이번에도 환상 앞에 주저앉고 말았음을 잘 알고 있었다. 하지만 그 환상의 깊이란 얼마나 되던가? 오늘 아침 잠에서 깨어나며 그는 이 낮고도 초라한 천장 앞에서 곧 생각에 잠겼었다.

'그녀의 집은 한 척의 배 같았다. 이 집은 세대에서 세대로 전해졌지. 여기든 저기든 여행의 방향은 정해져 있지 않지만, 표가 있다는 것, 객실이 있고 노란색 트렁크가 있다는 것만으로도, 배에 몸을 싣는다는 것만으로도 얼마나 안심이 되는가.'

그는 아직 자신이 괴로움을 느끼고 있는 것인지 알 수가 없었다. 그는 그저 경사진 길을 따라가고 있었을 뿐이고, 미래는 대책 없이 다가오고 있었기 때문이다. 사람이란 스스로를 포기하고 나면 괴로움을 느끼지 못하는 법이다. 심지어 슬픔에 대해서조차 되는대로 몸을 맡겨버리고 나면 고통은 더 이상 느껴지지 않는다. 나중에 몇몇 장면을 회상하며 그는 고통을

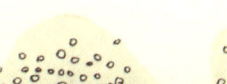

느끼게 될 것이다. 따라서 그는 자신들이 맡은 바 역할의 제2막을 편안하게 연기할 수 있음을 알고 있었다. 몇몇 장면들은 이미 예고되어 있었기 때문이다. 여전히 잘 돌아가지 않는 엔진에 박차를 가하면서 그는 그런 생각을 했다. 어쨌든 도착은 할 것이다. 비탈길을 따라가고 있으니까. 그러나 늘 그렇듯이 목적지까지는 내리막길 그림자가 붙어 다녔다.

퐁텐블로(파리와 상스의 중간쯤에 위치한 소도시) 근처에서 그녀는 목이 마르다고 했다. 시골 풍경 하나하나가 낯이 익은 곳이었다. 베르니스는 자연스레 안정됐다. 그는 마음이 놓였다. 낮이면 떠오르는 필연적 풍경이었다.

그들은 허름한 가게에 들러 따뜻한 우유를 주문했다. 서두를 필요가 뭐 있겠는가? 그녀는 우유를 조금씩 나눠 마셨다. 서두를 필요가 뭐 있겠는가? 이들에게 일어나는 모든 일들은 필연적인 것이었다. 늘 그렇듯 이 필연성의 이미지다.

그녀는 한결 부드러워진 모습이었다. 그녀는 이런저런 일들에 대해 그에게 고마움을 표했다. 그들의 관계는 어제보다 훨씬 여유가 있어 보였다. 그녀는 문간에서 모이를 쪼아 먹고 있는 작은 새를 가리키며 미소를 짓기도 했다. 문득 그녀의 얼굴이 새로워 보였다. 이런 얼굴을 언제 본 적이 있던가?

그렇다. 그건 여행객의 얼굴이었다. 잠시 자신의 삶에서 벗어난 여행객의 얼굴이었다. 플랫폼에 서 있는 여행객의 얼굴. 이미 얼굴에 웃음이 서려 있고, 이유를 알 수 없는 흥분기가 느껴지는 그런 얼굴이다.

그는 다시금 그녀를 바라보았다. 고개를 숙이고 상념에 잠긴 듯한 그녀의 옆모습이 보였다. 그녀가 조금이라도 고개를 돌렸다면, 그는 그녀를 잃어버리고 말았을 것이다.

그녀는 여전히 그를 사랑하고 있는지 모른다. 그러나 연약한 소녀와 다를 바 없는 이 여자에게서 너무 많은 것을 요구하면 안 된다. 물론 그는 '당신에게 자유를 돌려주겠소.' 라는 식의 한심한 문장은 내뱉을 수 없었다. 그는 자신이 무엇을 할 것인지, 자신의 미래에 대해 이야기했다. 그가 계획하고 있던 삶 속에서 그녀는 포로가 아니었다. 그에게 고마움을 표하기 위해, 그녀는 작은 손을 그의 팔에 얹었다.

"당신은 내 전부예요. 사랑하는 당신…… 당신이 내 전부예요."

그건 사실이었다. 하지만 그는 이 말을 듣고, 자신들이 서로 인연이 아님을 깨달았다.

그녀는 고집스러우면서도 상냥한 사람이었다. 완강하고 가혹하며 모순된 구석이 있었지만, 본인은 그 사실을 몰랐다. 하찮은 물건일지언정 무슨 수를 써서라도 지켜내고 마는 사람이었다. 그녀는 조용하고도 상냥한 사람이었다.

그녀는 남편인 에를랭과도 인연이 아니었다. 그 또한 그 사실을 알고 있었다. 남편에게로 돌아가서 다시 이전의 삶을 살아가겠다던 얘기가 그에게는 괴롭게만 들렸다. 그렇다면 그녀의 인연은 무엇이었을까? 지금의 그녀 모습이 고통스러워 보이지는 않았다.

이들은 다시 길을 떠났다. 베르니스는 왼쪽으로 고개를 돌렸다. 괴롭지 않으리란 사실을 잘 알고 있었다. 다만 자기 안에 살고 있는 바보 하나가 크게 상처를 입어 뭐라 설명할 수 없는 눈물을 흘리고 있을 뿐이었다.

파리는 조용했다. 그다지 대수로운 일은 없었다.

11.

그 모든 게 다 무슨 소용이란 말인가? 도시는 그의 주변에서 부질없는 소란을 떨고 있었다. 그 번잡함 속에서 그는 아무것도 얻을 수 없다는 사실을 잘 알고 있었다. 그는 자신과는 아무 상관없는 군중들 사이를 거슬러 천천히 올라가면서 생각에 잠겼다.

'내가 있을 때나 없을 때나 이곳은 늘 똑같군.'

그는 오래지 않아 떠날 것이다. 차라리 잘됐다. 그는 자신이 하는 일이 물질의 끈으로 얽혀 있어 어쩔 수 없이 다시 현실로 돌아가게 되리라는 것을 알고 있었다. 또한 일상생활에서는

사소한 일이라도 매우 중요해지고, 정신적 황폐함도 그 의미가 다소 퇴색된다는 점을 알고 있었다. 기항지에서 오가는 농담 몇 마디 또한 나름의 맛을 지니게 될 것이다. 이상하긴 했지만 분명한 사실이었다. 하지만 그는 그 자신에 대해서도 흥미가 없는 상태였다.

그는 마침 노트르담 사원을 지나던 길이어서 그 안으로 들어갔다. 그는 너무 많은 인파에 놀라 기둥 뒤로 몸을 피했다. 그는 대체 왜 이곳에 들어온 걸까. 스스로도 그 이유가 궁금했다. 어쨌든 다소간의 시간적 여유가 있어 그곳에 들른 것만은 분명했다. 밖에서의 시간은 아무런 의미 없이 흘러가버리지 않던가. 그렇다. '밖에서의 시간은 아무런 의미 없이 흘러가지.' 그는 또한 자신에 대해 다시 한 번 생각해볼 필요성을 느꼈다. 그리하여 그는 정신적인 규율에라도 의존하는 것처럼 신앙에 몸을 맡겨버린 것이다. 그리고 스스로 타일렀다. '만약 나 자신을 표현해주고 나를 추슬러주는 한마디를 찾아낸다면, 그것이 나에게는 진실이 될 것이다.' 그러고는 힘없이 이렇게 덧붙였다. '그래도 나는 그 말을 믿지 않을 테지.'

문득 그는 자신이 아직도 머나먼 뱃길 여행을 하고 있는 듯한 느낌이 들었으며, 그렇게 도망치려는 시도로 자신의 삶 전체가 허비되었다는 생각이 들었다. 그리고 설교의 시작은 마치 하나의 출발 신호탄처럼 그를 불안하게 만들었다.

● ● ●

"천국은······."
설교가 시작되었다.
"천국은······."

신부는 널따란 설교단의 가장자리에 두 손을 얹고 신도들을 향하여 몸을 굽혔다. 빼곡히 들어찬 신도들은 모든 것을 빨아들여 자양분을 얻으려는 듯하였다. 갑자기 갖가지 영상이 범상치 않은 확신과 더불어 그의 뇌리를 스쳐갔다. 신부는 그물에 걸린 물고기가 떠오른 듯 곧바로 이어갔다.

"갈릴리의 어부가······."

신부는 오랫동안 사람들의 기억 속에 남을 만한 단어들만 사용했다. 그는 신도들에게 느릿느릿 영향력을 행사하고 있었으며, 달리기 선수가 보폭을 늘려가듯 서서히 목소리를 높여갔다.

"만일 여러분이, 만일 여러분께서 그 끝없는 사랑을 아신다면……."

그는 다소 숨을 헐떡거리며 잠시 말을 끊었다. 감정이 너무 북받쳐 오른 탓에 설교를 이어가기가 힘들었기 때문이다. 그가 보기엔 지극히 진부한 단어 하나까지도 너무 많은 의미를 담고 있는 것 같았다. 또한 신부는 더 이상 할 말 안 할 말에 대한 분별능력을 상실한 듯 보였다. 밀랍양초의 불빛은 그에게 밀랍의 얼굴을 만들어주었다. 신부는 몸을 일으켜 세우고 두 손은 설교대에 받친 채 고개를 쳐들고 몸을 빳빳이 세워 올렸다. 그가 긴장을 풀면 신도들도 바닷물 출렁이듯 다소 술렁거렸다.

이어 신부는 머릿속에 단어들을 떠올린 뒤 포문을 열었다. 이번에는 놀랄 만한 확신을 갖고 설교를 해나갔다. 신부는 자신의 힘이 얼마나 센지 아는 하역 일꾼의 경쾌함을 보여주었다. 설교는 마치 누군가가 그에게 짐을 건네주듯 외부에서 전달된 힘이 그의 속으로 들어갔다가, 다시 그 입을 통해 나오는 것 같았다. 그런 식으로 신도들에게 전달하려는 내용과 이미지가 막연하게나마 그의 내부에서 떠오르는 것 같았다.

설교는 이제 막바지에 다다르고 있었다.

"나는 모든 생명의 근원이로다. 나는 그대들에게로 파고들어가 그대들을 소생시켜주고 다시 밖으로 빠져나오는 조수(潮水)와 같도다. 나는 그대들 속으로 들어가 마음을 혼란시키고 물러나는 악이로다. 그대들 속에 들어가서 영원히 남아 있는 사랑이로다.

그대들은 제4복음서와 마르키온(Marcion: AD84~160. 최초의 이단자)을 내세우며 나에게 대항하려 하도다. 그리하여 복음서에 없는 변조된 말을 하고 있도다. 그대들은 내게 대항하여 인간의 저 하찮은 논리를 들먹이고 있으나, 나는 거기에서 초월해 있는 자요, 바로 그 논리로부터 나는 그대들을 구원해주고 있도다.

죄인들아, 내가 하는 말을 알아들을지어다. 나는 그대들을, 그대들의 학문에서, 그대들의 공식에서, 그대들의 율법에서, 그대들의 정신적 노예살이에서, 숙명보다 더 가혹한 결정론에서 자유롭게 해주노라. 나는 갑옷의 벌어진 틈이자 감옥의 창살이며, 계산상의 오류로다. 나는 곧 삶이니라.

그대들은 별들의 운행을 이론으로 만들어 버렸다. 실험실에서 연구하는 이들이여, 그대들은 이제 별들의 운행에 대해 더 이상 알지 못하게 되었도다. 이는 그대들이 학습하는 책 속에서 하나의 기호로만 나타날 뿐, 그 빛은 더 이상 존재하지 않는다. 그대들은 어린아이보다도 모르게 되었도다. 그대들은 인간의 사랑을 지배하는 법칙까지 발견하였으나, 이 사랑 또한 그대들의 기호에서 벗어난다. 그대들은 한낱 어린 소녀보다도 사랑에 대해 알지 못하는 자들이 되어버렸도다. 괜찮다, 내게로 오라. 이 감미로운 빛과 이 빛나는 사랑을 내 그대들에게 돌려주리라. 나는 그대들을 노예로 삼으려는 게 아니라 그대들을 구원해주려는 것이니라. 처음으로 만유인력의 법칙을 계산하여 그대들을 그 속박 속에 가두었던 자로부터 그대들을 해방시켜 주리라. 내 집만이 유일하게 그대들을 구원해줄 곳일진대, 내 집 밖에서 그대들은 무엇이 되겠는가?

나의 거처 밖에서, 뱃머리 위로 부딪치는 바닷물의 흐름같이 모든 시간의 흐름이 온갖 의미로 충만한 이 선박의 바깥에서, 그대들은 과연 무엇이 되겠는가? 무릇 바닷물의 흐름이란 소리는 내지 않아도 섬들을 솟아오르게 하는 힘을 가지고 있다. 그게 바로 바닷물의 힘이니라.

　내게로 오라. 헛된 노력의 쓰라림을 맛본 그대들이여, 내게로 오라.

　내게로 오라. 법칙밖에 이끌어내지 못하는 생각의 쓰라림을 맛본 그대들이여, 내게로 오라……."

　신부는 두 팔을 활짝 벌렸다.

　"나는 거두어주는 자이니라. 나는 세상의 죄악을 짊어졌노라. 나는 어린 양을 잃은 짐승들과 같은 그대들의 비애와 불치병을 짊어졌도다. 그에 따라 그대들은 슬픔을 덜어내게 되었도다. 하지만 오늘날을 살아가는 그대들의 죄악은 더욱 끔찍하고 더욱 치유하기 힘든 상태이다. 하지만 나는 다른 것과 마찬가지로 오늘날의 이 죄악을 짊어질 것이니라. 더욱 무거운 영혼의 굴레라도 나는 이를 짊어지고 갈 것이니라.

　나는 세상의 모든 짐을 짊어지는 자이니라."

　베르니스의 눈에는 좌절한 신부의 모습이 보였다. 신의 계시를 얻기 위한 부르짖음이 아닌 탓이었다. 그가 스스로 자문자답했던 탓이었다.

　"그대들은 장난하는 어린아이와 같도다. 매일매일 헛된 노력으로 기력을 소진하는 그대들이여, 내게로 오라. 그대들의 노력에 내가 의미를 부여해주리라. 이 노력들은 그대들의 마음속에 자리 잡을 것이고, 나는 이를 인간사(人間事)로 만들 것이니라."

그의 설교는 신도들 사이를 파고들었다. 신부의 설교는 더 이상 베르니스의 귀에 들어오지 않았으나, 그가 했던 말 속에 무언가가 하나의 동기처럼 그에게 전해져왔다.

"나는 이를 인간사(人間事)로 만들 것이니라……."

베르니스는 시름에 잠겼다.

"오늘날의 연인들이여, 내게로 오라. 메마르고 가혹하며 절망적인 사랑을 내가 인간사(人間事)로 만들어 주리라.

내게로 오라. 육체에 대한 갈망과 서글픈 귀로(歸路)를 내가 인간사(人間事)로 만들어 주리라."

베르니스는 비애감이 점점 더 커져가는 걸 느꼈다.

"나는 인간에게 감탄했던 자이기 때문이니라……."

베르니스는 혼란스러웠다.

"나만이 인간을 인간답게 되돌려줄 수 있는 자이로다."

신부는 입을 다물었다. 지친 그는 제단 쪽으로 몸을 돌렸다.

신부는 여태껏 자신이 찬양해온 하느님을 경배했다. 그는 마치 모든 것을 바친 사람처럼, 육신의 기력이 다한 것도 무슨 제물이기나 한 것처럼 자기 자신을 미천한 존재로 여겼다. 그

는 무의식중에 자기 자신을 그리스도와 동일시했다. 제단 쪽으로 돌아선 그는 놀랍도록 천천히 말을 이어갔다.

"전능하신 아버지시여, 저는 저들을 믿었나이다. 그게 제 삶을 전부 내어준 까닭이옵니다……."

그는 마지막으로 신도들을 굽어보며 덧붙였다.

"그대들을 사랑하기에……."

이어 그는 몸을 떨었다. 베르니스는 장내의 고요함이 범상치 않게 느껴졌다.

"아버지의 이름으로……."

베르니스는 생각했다.

'이 얼마나 절망스러운가! 신덕(信德)은 다 어디로 갔단 말인가? 나는 신덕을 듣지 못했다. 내가 들은 건 오직 완벽하게 절망스러운 하나의 외침이었을 뿐이다.'

베르니스는 밖으로 나왔다. 곧 가로등이 켜질 시간이다. 그는 센 강변을 따라 걷기 시작했다. 나무는 움직임 없이 서 있었고, 어지럽게 늘어져 있던 나뭇가지는 황혼녘의 어스름에 꼼짝없이 잡혀 있었다. 베르니스는 계속 걸었다. 이제 마음이 잔잔해졌다. 하루가 끝나가며 평온함을 안겨주었다. 문제 하나가 해결되었을 때 찾아오는 그런 평온함이다.

그러나 이 황혼빛은…… 폐허가 된 제국을 위해 사용되는 너무나도 연극적인 배경막 같았다. 패잔병들 머리 위로 내려앉는 황혼 무렵을 표현하기 위해, 연약한 사랑의 끈이 끊어진 연인들의 분위기를 표현하기 위해, 그렇게 사용되다 다음 날이면 다른 극을 위해 사용될 그런 배경막 같았다. 스산한 저녁에는, 삶이 마지못해 나아가는 경우에는 장차 어떤 비극이 펼쳐질 것인지 몰라 불안감을 조성하는 그런 배경막 같았다.

아, 이렇듯 인간적인 불안으로부터 그를 구해줄 무언가가 필요했다.

그때 가로등에 일제히 불이 들어왔다.

12.

택시와 버스들이 뒤엉켜 있다. 말로 형언할 수 없을 정도로 번잡하다. 베르니스, 그냥 길을 잃어버리는 것도 좋지 않겠는가? 아둔한 사람 하나가 아스팔트에 붙박이로 서 있다. "갑시다, 좀 비켜서요." 인생에서 단 한 번 만나는 여자들이다. 단 한 번뿐인 기회다. 저기 몽마르트르에서는 더욱 생생한 불빛이 흘러나온다. 벌써 거리의 여자들이 치근거린다. "세상에, 어서요!" 저쪽에서는 또 다른 여자들이 오고 있다. 에스파냐의 창녀들이 보석 상자처럼 지나간다. 그 속에 있으면 예쁘지 않은 여자들도 그럴 듯해 보인다. 수백 프랑에 달하는 진주를 목 위에 꿰어 차고 손에는 주렁주렁 반지를 끼고 있다. 고깃덩이인 온몸을 사치로 휘감은 모습이다. 안절부절못하는 여자가 하나 또 있다.
"이거 놔! 이 삐끼 녀석, 내가 널 모를 것 같아? 저리 꺼져! 날 좀 지나가게 해달라고. 나도 먹고살아야지!"

. . .

이 여자는 베르니스 앞에서 밤참을 먹었다. 여자는 뒤쪽이 V자 모양으로 깊게 파여 등이 훤히 다 드러난 이브닝드레스를 입고 있었다. 베르니스는 여자의 목덜미와 훤히 드러난 어깨, 눈부실 정도로 맨살이 보이는 등만을 바라봤다. 빠르게 온몸에 전율이 흘렀다. 항상 새롭게 만들어지는 이 여체, 언제나 손에 넣을 수 없게 하는 실체, 그것이었다. 여자가 고개를 숙이고 한 손으로 턱을 괸 채 담배를 피우고 있었기 때문에 그는 그녀의 등 쪽에서 펼쳐지는 허허벌판밖에는 볼 수가 없었다. '마치 벽 같군.' 그는 생각했다.

댄서들이 춤을 추기 시작했다. 스텝은 유연했고, 발레의 혼이 저들에게 영혼을 빌려주었다. 베르니스는 저들의 움직임을 균형 있게 끊어주는 이 리듬을 좋아했다. 금방이라도 흐트러질 수 있는 균형이었으나, 댄서들은 늘 놀라우리만큼 확실하게 균형을 되찾았다. 그녀들은 이제 막 제대로 이미지가 구축되려는 찰나에 균형이 흐트러지면 어떡할지를 늘 걱정하였고, 또한 휴지기(休止期)나 죽음과 같은 순간에 다다르면 이렇게 구축해놓은 모양을 어떻게 하면 동작으로 풀어낼 수 있을까를 염려하였다. 이는 욕구의 발현이기도 했다.

그의 앞에 있는 저 신비로운 등은 호수 표면처럼 매끄러웠다. 하지만 가벼운 몸짓, 생각이나 떨림만으로도 수면은 커다란 파장을 일으키며 출렁거렸다. 베르니스는 생각했다.

'내게는 저기 저 아래 어둠 속에서 요동치는 모든 것이 필요하다.'

댄서들은 모래 위에 몇 가지 수수께끼 같은 동작들을 그려 보이고 이를 흔적도 없이 지워버린 뒤 객석에 인사를 했다. 베르니스는 그중 가장 경쾌하게 추었던 댄서를 손짓해 불렀다.

"춤을 잘 추는군."

그는 잘 익은 과육 같은 여자 몸의 체중을 짐작해봤다. 생각보다 무게가 있음에 그는 자못 놀랐다. 풍만한 몸매였다. 여자는 자리에 앉았다. 그녀의 시선은 강렬했고, 미끈한 목덜미는 황소의 목덜미를 연상시켰다. 또한 그녀의 몸에서 유연성이 가장 떨어지는 관절 부위였다. 여자의 얼굴은 세련되어 보이는 편은 아니었으나, 전체적으로 얼굴에서부터 몸 전체를 감싸는 평온함이 묻어났다.

베르니스는 여자의 머리카락이 온통 땀에 젖어 착 달라붙어 있는 것을 발견했다. 분장한 피부 안쪽으로는 주름이 팬 것이 보였고, 차림새는 후줄근했다. 춤추기를 마친 그녀는 무언가 나사 하나가 빠진 듯 모자라 보였고 서툴러 보였다.

"무슨 생각을 그렇게 하죠?"

그녀가 어색하게 물어왔다.

밤에 부산떠는 모든 건 저마다 나름의 의미를 갖고 있다. 웨이터의 움직임, 택시기사 및 호텔 지배인의 움직임 등 모든 움직임에 의미가 있었다. 이들은 자신의 직업을 수행한 것이었고, 그 노력으로 말미암아 그의 앞에 이 샴페인 잔이 놓이고 이 지쳐 있는 여인이 앉아 있는 것이었다.

베르니스는 직업이라는 무대를 통해서 인생을 바라봤다.

거기에는 선도, 악도, 감정의 동요도 없었다. 오로지 한 팀을 이루고 있는 사람들처럼 판에 박히고 중립적인 노동만이 있을 뿐이다. 동작 하나하나를 집결시켜 이로써 하나의 언어를 만들어내는 이 춤 또한 이방인의 방식으로만 말할 수 있을 뿐이었다. 오직 이방인만이 그 의미를 파악할 수 있었으며, 이곳 사람들은 모두 그 의미를 잊은 지 오래였다. 똑같은 아리아를 수백 수천 번 연주하는 음악가가 자신이 연주하는 곡의 의미를 잃어버리는 것과 같은 이치다. 여기에서 댄서들은 투사되는 조명을 받으며 스텝을 밟고 표정을 지어 보였지만 어떤 생각을 갖고 있는지는 도통 알 수가 없었다. 어떤 이는 아파오는 다리 생각만 했을 것이고, 또 어떤 이는 무대가 끝난 뒤 연인과의 데이트 생각을 했을 것이다. '빚이 100프랑인데……' 라는 생각을 한 이가 있는가 하면, 시종일관 '힘들어.' 라는 생각을 한 이가 있었을 것이다.

이미 그의 흥분기는 완전히 가시고 난 뒤였다. 그는 속으로 이렇게 생각했다. '아가씨는 내가 원하는 걸 아무것도 해줄 수가 없어.'

하지만 그는 외로움이 너무나도 지독했던 나머지, 그녀를 필요로 하게 되었다.

13.

여자는 너무나도 말이 없는 이 남자가 두려웠다. 한밤중에 깨어나 옆에서 잠든 그를 보고 있자니, 자신이 사람들에게 잊힌 채로 어떤 인적 없는 백사장에 홀로 버려진 듯한 느낌이 들었다.

"나 좀 꼭 안아주세요!"

그래도 여자는 폭발적인 애정을 느끼고 있었다. 하지만 이 몸뚱이 안에는 어떤 인생이 갇혀 있는 것인지, 저 딱딱한 두개골 속에는 어떤 꿈이 묻혀 있는 것인지, 도통 알 수가 없었다. 그의 곁에 모로 누워 있자니, 여자는 마치 파도가 밀려왔다 밀려가는 것처럼 남자가 들이쉬었다 내쉬었다 하는 호흡의 기운을 느낄 수가 있었다. 먼 바다를 횡단하는 불안감이 엄습했다. 그의 살갗에다 귀를 대어보면 발동기 돌아가는 소리 같기도 하고 무언가를 부숴대는 해머 소리 같기도 한 둔탁한 심장 박동 소리가 들리는데, 이때 그녀는 손에 닿지 않는 무언가가 빠르게 빠져나가는 느낌을 받았다. 적막이 흐르는 가운데, 그녀가 한마디 입을 열자, 그가 꿈속에서 빠져나온다. 그녀는 자신이 던진 말과 그가 대답하는 말 사이에 번개가 칠 때처럼 하나, 둘, 셋 하고 얼마간의 시간 간격이 있는지 세어본다. 그는 마치 저 멀리 들판 너머에 있는 것 같았다. 그가 눈을 감으면 그녀는 죽은 사람만큼 무거운 머리를 돌덩이 들어 올리듯 힘겹게 들어 올렸다. '당신, 대체 뭐가 그리 슬픈 거야……'

참으로 기이한 동행자다.

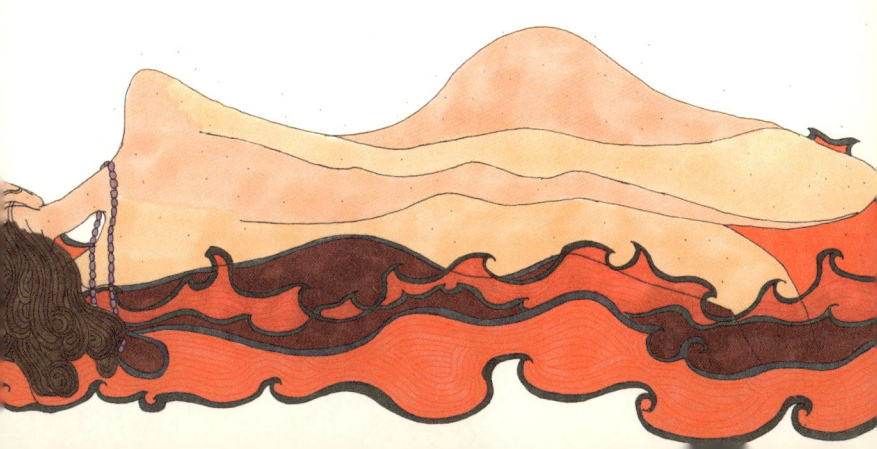

서로 나란히 누워 있는 두 사람은 서로 말이 없었다. 나와 타인의 삶이란 강물 물줄기 나뉘듯 갈라지는 법이다. 영혼은 눈앞이 아찔할 정도로 빠르게 달아나버리고, 몸은 앞으로 튀어나가는 카누처럼 쏜살같이 빠져나간다.

"지금이 몇 시지?"

그는 사태를 파악해본다. 정말 이상한 여행이었다.

"오, 내 사랑!"

그녀는 물에서 건져낸 듯한 헝클어진 머리를 뒤로 젖히며 그에게 달라붙었다. 잠에서 깨어나거나 정사를 끝마친 여자는 바다에서 건져낸 것처럼 이마에 머리카락이 달라붙어 흐트러진 모습을 보여준다.

"지금이 몇 시지?"

시간은 왜 자꾸 묻는 걸까? 이곳에서의 시간은 외따로 떨어져 있는 시골 간이역처럼 0시, 1시, 2시, 이렇게 뒤로 물러나 사라지는 것 같았다. 잡아둘 수 없는 무언가가 손가락 사이사이로 빠져나가는 느낌이었다. 늙는다는 것, 그건 아무것도 아니다.

"백발이 된 당신 모습과 그 옆에 얌전히 동무하고 있는 내려가는 것처럼 남자가 들이쉬었다 내쉬었다 하는 호흡의 기운을 느낄 수가 있었다. 먼 바다를 횡단하는 불안감이 엄습했다. 그의 살갗에다 귀를 대어보면 발동기 돌아가는 소리 같기도 하고 무언가를 부숴대는 해머 소리 같기도 한 둔탁한 심장 박동 소리가 들리는데, 이때 그녀는 손에 닿지 않는 무언가가 빠르게 빠져나가는 느낌을 받았다. 적막이 흐르는 가운데, 그녀가 한마디 입을 열자, 그가 꿈속에서 빠져나온다. 그녀는 자신이 던진 말과 그가 대답하는 말 사이에 번개가 칠 때처럼 하나, 둘, 셋 하고 얼마간의 시간 간격이 있는지 세어본다. 그는 마치 저 멀리 들판 너머에 있는 것 같았다. 그가 눈을 감으면 그녀는 죽은 사람만큼 무거운 머리를 돌덩이 들어 올리듯 힘겹게 들어 올렸다. '당신, 대체 뭐가 그리 슬픈 거야…….'

참으로 기이한 동행자다.

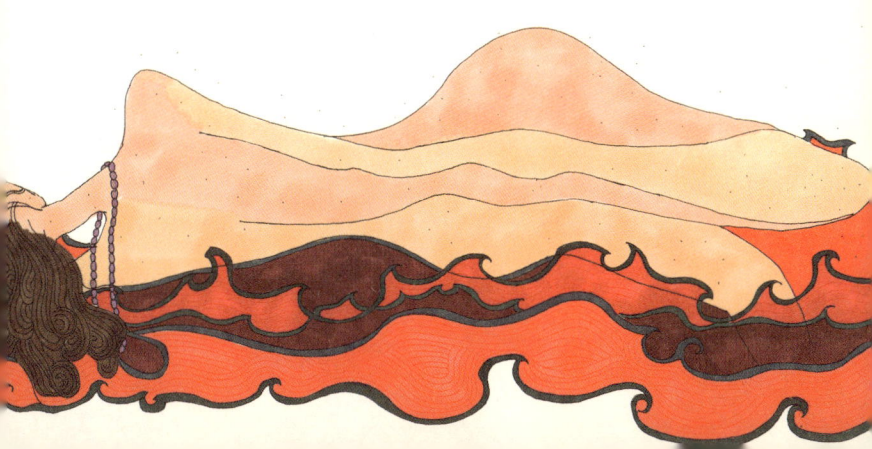

서로 나란히 누워 있는 두 사람은 서로 말이 없었다. 나와 타인의 삶이란 강물 물줄기 나뉘듯 갈라지는 법이다. 영혼은 눈앞이 아찔할 정도로 빠르게 달아나버리고, 몸은 앞으로 튀어나가는 카누처럼 쏜살같이 빠져나간다.

"지금이 몇 시지?"

그는 사태를 파악해본다. 정말 이상한 여행이었다.

"오, 내 사랑!"

그녀는 물에서 건져낸 듯한 헝클어진 머리를 뒤로 젖히며 그에게 달라붙었다. 잠에서 깨어나거나 정사를 끝마친 여자는 바다에서 건져낸 것처럼 이마에 머리카락이 달라붙어 흐트러진 모습을 보여준다.

"지금이 몇 시지?"

시간은 왜 자꾸 묻는 걸까? 이곳에서의 시간은 외따로 떨어져 있는 시골 간이역처럼 0시, 1시, 2시, 이렇게 뒤로 물러나 사라지는 것 같았다. 잡아둘 수 없는 무언가가 손가락 사이사이로 빠져나가는 느낌이었다. 늙는다는 것, 그건 아무것도 아니다.

"백발이 된 당신 모습과 그 옆에 얌전히 동무하고 있는 내

모습이 너무나도 눈에 선해요…….."

늙는다는 것, 그건 아무것도 아니다.

하지만 허비해버린 이 시간, 무언가 다른 듯한 이 고요함, 아직도 조금 더 멀리 있는 듯한 느낌, 바로 그런 게 피곤함을 몰고 왔다.

"당신 고향 얘기 좀 해줘요."

"거기는……."

베르니스는 그곳에 대해 이야기한다는 게 불가능함을 알고 있다. 도시, 바다, 고향, 모두 마찬가지다. 왠지 모르게 떠오르는 막연한 심상이 있긴 하나, 뭐라 딱히 꼬집어 설명할 순 없다.

그는 손으로 이 여인의 허리를 만져본다. 사람의 몸 가운데 가장 무방비인 곳이다. 여체, 살아 숨 쉬는 육체 중 가장 꾸밈없는 알몸이자, 가장 달콤한 빛을 발하는 알몸이다. 그는 여체에 활기를 불어넣어 주며 태양처럼 뜨겁게, 내부 기온이 오르는 것처럼 은근하게, 그렇게 여체를 데워주는 이 신비로운 삶에 대해 생각해봤다. 베르니스는 그녀가 다정하지도, 그렇다고 예쁘지도 않다고 생각했다. 하지만 그녀는 포근한 사람이었다. 동물처럼 포근함을 안겨주는 그런 사람……, 그녀에겐 생동감이 있었다. 또한 그녀의 심장은 쉼 없이 뛰고 있었다. 그녀의 심장은 자신의 것과 달리 몸속에 가둬진 샘과 같이 느껴졌다.

그는 몇 초 동안 자기 몸속에서 치솟아 올라 미친 새처럼 날개를 퍼덕이다 죽어버린 관능의 쾌락을 생각해 본다. 그런데 지금은…….

지금 유리창에서는 하늘이 파르르 떨리고 있다. 남자의 욕망에 굴복하여 사랑을 나눈 뒤, 완전히 무너져버린 여인이 여기 있다. 영예를 박탈당한 여인이 여기 있다. 여인은 차디찬 별들 가운데로 내쳐졌다. 마음의 풍경이란 이렇듯 빠르게 변해가는 것이다……. 욕망을 거치고, 애정을 거치고, 불의 강을 건넌 뒤에는 그렇듯 빠르게 변해버리고 만다. 이제는 육체를 탈피하여 순수하고 냉정하게 저 바다를 향한 뱃머리에 서 있다.

14.

말끔하게 정돈된 기차 안 휴게실은 플랫폼과 비슷한 분위기를 자아냈다. 베르니스는 파리에서 기차를 기다리느라 무려 한 시간을 허비했다. 차창 유리에 이마를 기댄 채, 베르니스는 사람들의 모습이 지나가는 걸 바라본다. 그는 이 흐름에서 멀리 떨어져 있다. 저마다 무언가 계획을 하나씩 구상하며 바쁘게 움직인다. 그와는 무관한 일들이 서로 긴밀하게 연결되어 있다. 지금 지나가는 이 여인은 열 걸음 정도를 간신히 내디딘 뒤 다른 시간에 속한 사람이 되고 만다. 저기 저 군중들은 눈물과 웃음을 안겨주던 생명

체였다. 그리고 지금 저 군중은 죽은 자들의 행렬처럼 보인다.

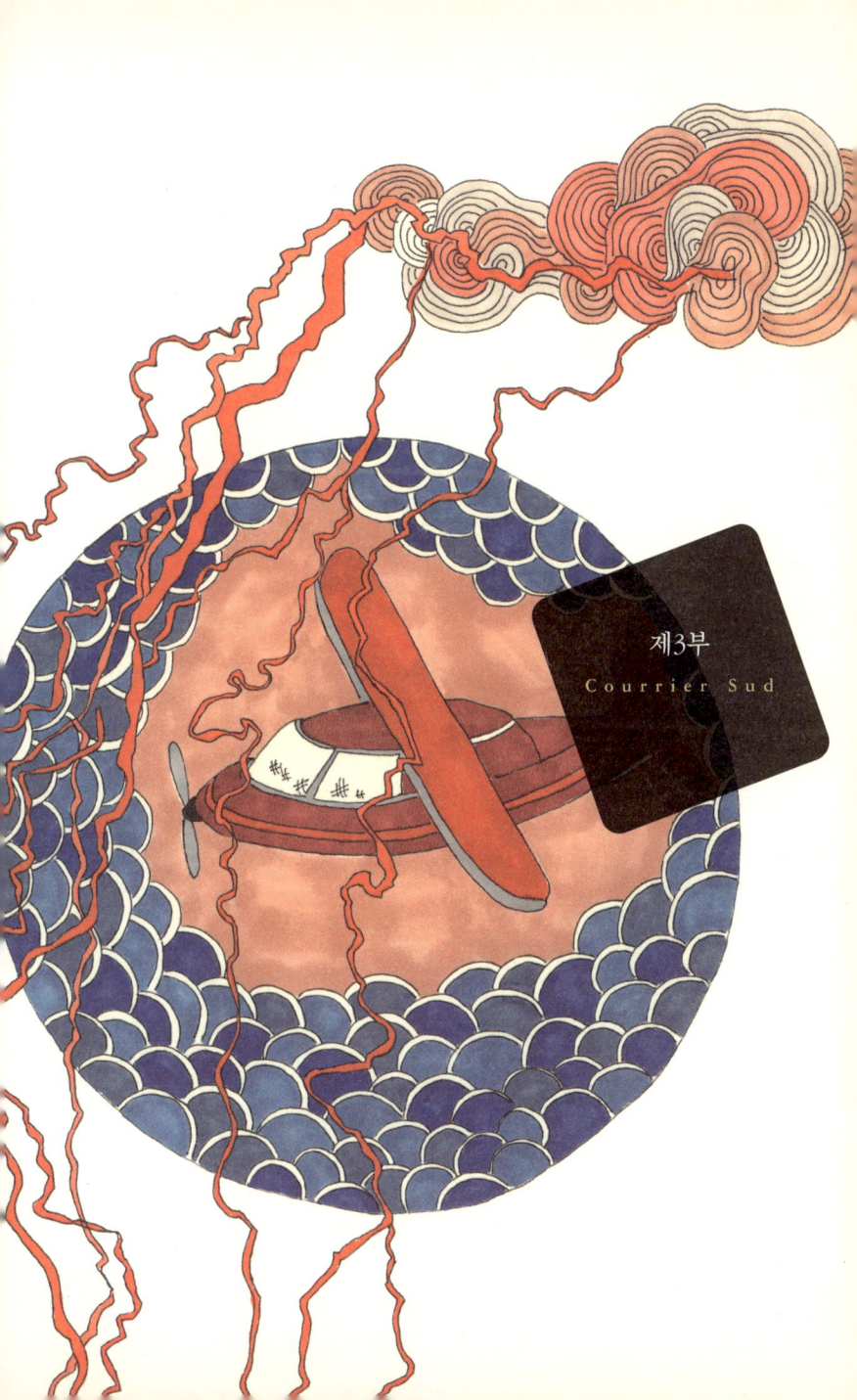

1.

유럽과 아프리카는 낮 동안 여기저기서 있었던 폭풍우 뒤처리를 하면서 분주히 밤을 보낼 채비를 했다. 그라나다의 폭풍우는 잠잠해졌고, 말라가에서는 비로 바뀌었다. 하지만 어떤 지역에서는 여전히 돌풍이 요동을 치며 나뭇가지와 잎사귀를 뒤흔들어 놓았다.

툴루즈, 바르셀로나, 알리칸테에서는 우편기를 서둘러 떠나보내고 나서, 장비들을 정리하고 비행기를 안으로 들인 뒤, 격납고 문을 닫았다. 낮에 우편기가 지나가기로 되어 있는 말라가에서는 따로 조명등을 준비할 필요가 없었다. 게다가 우편

기는 착륙하지도 않을 예정이었다. 오늘 역시 아프리카의 해안으로는 눈길도 주지 못한 채 오로지 나침반만 들여다보면서 20m의 저공비행으로 해협을 건너가야 할 판이다.

세찬 서풍은 바다를 움푹움푹 패어놓았고, 파도는 하얗게 부서졌다. 정박해 있던 배들은 바람 속에서 심하게 흔들렸고, 뱃머리가 바람에 노출된 범선들은 바다 한가운데 떠 있는 것처럼 격렬하게 흔들렸다. 동쪽으로는 지브랄타 해협에서 저기압이 형성되어 비가 억수로 퍼붓고 있었다. 서쪽으로는 구름이 한층 더 높이 올라갔다. 바다 저편 탕헤르에서는 비가 세차게 쏟아지는 가운데 안개가 피어올랐다. 비가 너무나도 억수같이 쏟아져서 마치 도시를 헹구어주는 느낌이 들었다.

지평선에는 뭉게구름이 빽빽이 층을 이루고 있었지만, 라라슈 쪽으로 가면서는 청명한 하늘이 모습을 드러냈다.

카사블랑카는 탁 트인 맑은 하늘 아래서 마음껏 숨을 쉬고 있었다. 정박해둔 범선들은 전투를 끝마친 양 항구를 수놓고 있었다. 폭풍우가 한바탕 휘젓고 간 바다 표면은 기다란 물결이 부챗살 모양으로 퍼져 나가고 있을 뿐, 다른 건 아무것도 없었다. 해질 무렵 평야는 더욱 선명한 초록빛을 띠었고, 물처럼 깊어 보였다. 도심 곳곳은 여전히 비에 젖어 반짝거렸다. 발전소의 전기기사들은 손을 놓고 기다리는 중이었다. 아가디르 비행장의 기사들은 비행기가 도착하려면 아직 4시간 정도의 여유가 있었기 때문에 시내에 나가 저녁 식사를 했다. 포르에티엔, 생 루이, 다카르의 직원들은 한숨 잘 수도 있는 시간이었다.

저녁 8시, 말라가의 무선국에서 다음과 같은 통보가 왔다.

무전: 우편기 착륙하지 않고 통과.

카사블랑카에서는 조명 장치의 작동 여부를 점검했다. 붉은 항공 표지등의 불빛이 밤하늘의 한 귀퉁이를 직사각형으로 오려내는 듯했다. 여기저기 등이 나간 램프는 마치 군데군데 이가 빠진 것 같은 형상이었다. 이어 두 번째 차단기가 올라가자, 표지등이 켜지면서 우윳빛과 같은 뽀얀 빛다발이 비행장 중앙으로 쏟아져 나왔다. 빠진 거라곤 배우밖에 없는 완벽한 무대였다.

반사경의 방향이 바뀌었다. 보일 듯 말 듯한 빛줄기가 젖은

나무에 걸렸다. 나무는 수정처럼 반짝거렸다. 그런 다음 하얀 가건물이 위용을 드러냈고, 건물 그림자가 한 바퀴 원을 그린 뒤 건물은 곧 자취를 감추었다. 끝으로 할로겐 탐조등 빛줄기가 다시 아래로 내려오며 제자리를 찾았고, 비행기를 위해 백색의 테두리를 만들어주었다.

주임이 말했다.

"좋소, 스위치를 끄시오."

그는 다시 사무실로 올라가 최종서류를 점검하고 멍하니 전화기를 바라봤다. 라바(라바트: 카사블랑카의 북동쪽, 대서양 연안의 부레그레그 강(江) 하구 좌안에 위치한 도시. 모로코의 수도—역주)에서 곧 전화가 걸려올 것이다. 모든 게 준비됐다. 정비공들은 휘발유통과 나무상자 위에 둘러앉아 있었다.

아가디르에서는 무슨 영문인지 도통 알 수 없었다. 그들의 계산에 의하면, 우편기는 이미 카사블랑카를 떠났어야 옳다. 어찌 됐든 비행기의 행방이 윤곽을 드러내길 기다리고 있었다. 금성을 기체(機體) 날개의 현등으로 잘못 안 것이 벌써 여남은 번 되었고, 이제 막 북쪽에서 떠오른 북극성 역시 현등으로 잘못 보였다. 탐조등을 밝히기 위해 사람들은 별 하나가 나타나길 학수고대했다. 성좌 가운데에서 제자리를 못 잡고 방황하는 하나의 별이 보이기만을 간절히 기다리는 것이었다.

비행장 주임은 곤혹스러웠다. 그 우편기가 도착하면, 다음 착륙지로 출발시켜야 하는가? 남쪽으로는 짙은 안개가 깔려 있으며, 이 안개가 모로코 남부의 우에드(사하라 사막의 장마철 외에는 물이 없는 강-역주) 눈(Noun), 나아가 쥐비 곶까지도 이어져 있을 상황이 불안했다. 그리고 쥐비는 무선국의 호출에도 묵묵부답이었다. 야간에 구름더미 속으로는 프랑스발 아메리카행 우편기를 띄울 수가 없다. 더욱이 사하라의 이곳 기지는 그에게 있어 여전히 미스터리였다.

그렇지만 쥐비에서는 세상으로부터 고립되어 있던 우리는 난파당한 배처럼 조난 신호를 타전했다.

무전: 우편기 소식을 알려 달라. 우편기 소식을……

같은 메시지로 우리를 성가시게 괴롭히는 시스네로스에 우리는 더 이상 응답을 해주지 않고 있었다. 그렇게 1,000km를 사이에 두고 우리는 그 밤에 서로 무의미한 불평만을 늘어놓

고 있었다.

모두의 긴장이 풀린 건 저녁 8시 50분이었다. 카사블랑카와 아가디르가 서로 전화 연락을 취할 수 있게 된 것이었다. 우리의 무전기도 다시 작동되기 시작했다. 카사블랑카에서 메시지를 보내면, 그 메시지가 그대로 다카르에까지 중계되었다.

무전: 우편기, 22시에 아가디르로 출발 예정.

무전: 여기는 아가디르. 쥐비에 알림. 우편기, 0시 30분에 아가디르 도착 예정. 쥐비까지 속항시켜도 좋겠는가?

무전: 여기는 쥐비. 아가디르에 알림. 안개가 짙음. 동이 틀 때까지 기다릴 것.

무전: 여기는 쥐비. 시스네로스, 포르에티엔, 다카르에 알림. 우편기, 금일 아가디르에서 묵을 예정.

카사블랑카에서 베르니스는 항공일지에 서명하고는 전등 불빛 아래에서 눈을 깜빡거렸다. 비행 중에도 그의 눈은 즐길 만한 것을 찾지 못했었다. 수륙의 경계에서 그에게 길 안내를 해주며 하얗게 부서지던 파도를 본 것에 그나마 감사를 표해야 했다. 이제 사무실에 있게 된 그의 눈에 들어온 것은 서류함, 하얀 종이더미, 육중한 가구 등이었다. 집기들이 풍부하게 들어찬 꽉 채워진 세상이었다. 문구멍 속으로 들여다보이는 그곳은 어둠과는 무관한 세계였다.

10시간 동안이나 바람을 맞은 탓에 그의 두 뺨은 벌겋게 달아올라 있었다. 머리에서는 물방울이 흘러내렸고, 그는 맨홀 뚜껑을 열고 올라오는 하수도 공사 인부처럼 밤의 세계를 빠져나왔다. 무거운 장화에 가죽재킷을 입고, 이마에는 머리카락이 착 달라붙은 채로 그는 고집스럽게 두 눈을 깜빡거렸다. 그는 동작을 멈추었다.

"이대로 계속 비행을 하라는 겁니까?"

서류를 훑어보며 비행장 주임은 무심하게 대답했다.

"당신은 하라는 대로만 하면 됩니다."

베르니스는 이미 주임이 자신에게 출발을 강요하지 않을 거란 사실을 알고 있었고, 오히려 떠나겠다고 나서는 건 자기 쪽이 될 것임을 모르지 않았다. 하지만 각자 자신이 그 판단을 내리고 싶어 했다.

"차라리 제게 가스핸들이 있는 벽장 안에 눈 가리고 처넣은 뒤, 그 물건을 아가디르까지 운반해가라고 말씀을 하시죠. 제게 원하시는 게 그거 아닙니까?"

잠시나마 인사(人事) 사고를 생각하기에는 그는 속이 너무 복잡했다. 그런 건 마음을 비운 사람들에게나 가능한 일이다. 하지만 벽장에 처박아 날려버린다는 이미지는 그에게 충분한 위협이 되는 것이었다. 불가능한 일도 있는 거다. 그래도 그러면 성공하고 말겠지만…….

비행장 주임은 문을 살짝 열어 어둠 속으로 담배꽁초를 집어던졌다.

"저기 좀 보시오……."

"뭘 말입니까?"

"별들 말이오."

그 말에 조종사는 벌컥 화를 냈다.

"그깟 별들이 뭐가 어떻다는 겁니까? 고작 3개가 떴을 뿐인데요. 주임님은 지금 저를 아가디르로 보내려는 거지, 화성으로 보내려는 게 아니잖습니까."

"한 시간 후면 달이 뜰 거요."

"달…… 달이라……."

달을 들먹이는 통에 그의 기분은 더 나빠졌다. 언제 야간 비행을 하기 위해 달이 뜨기를 기다린 적이 있었던가? 도대체 자신을 뭐로 생각하고 있단 말인가? 아직도 초보자?

"좋소. 알았으니 이제 쉬시오."

베르니스는 마음을 가라앉히고, 엊저녁부터 가지고 다니던 샌드위치를 꺼내어 한가로이 먹기 시작했다. 20분 후에 이륙할 생각이었다. 비행장 주임은 미소를 짓고 있었다. 그는 전화기를 손가락으로 톡톡 두들겼다. 그가 이륙할 거라는 사실을 알리게 되리란 건 진작부터 알고 있었다.

모든 준비가 끝난 지금, 구멍이 뻥 뚫린 기분이다. 그렇게 가끔 시간은 멈춰 선다. 베르니스는 의자에 앉아 앞으로 약간 몸을 숙이고 두 무릎 사이에 기름 범벅이 된 시커먼 양손을 낀 채 미동조차 없는 상태로 벽과 그 사이의 어느 한 점을 응시했다. 입을 살짝 벌린 채 비스듬히 앉아 있는 주임은 은밀한 신호 하나를 기다리는 듯했다. 타이피스트는 하품을 한 뒤 손으로 턱을 괴고 졸음이 몸 안으로 퍼져 나가는 걸 느꼈다. 모래시계는 분명 흐르기 마련이다. 이어 멀리서 외치는 소리가 들려왔고, 일순간 모든 것이 활력을 되찾기 시작했다. 주임이 손가락 하나를 치켜 올렸다. 조종사가 빙그레 웃으며 자리에서 벌떡 일어났다. 가슴은 새로운 공기로 가득 찼다.

'그럼 안녕히!'

이따금 그렇게 필름이 끊긴다. 1초 1초가 가사상태에 빠졌을 때처럼 더욱 위중했던 부동의 상태가 수습되고, 이어 다시 삶이 활력을 되찾았다.

우선 그는 이륙을 한다는 생각보다, 파도 소리처럼 세게 때려대는 엔진의 굉음에 묻혀 자신이 습하고 차가운 동굴 속에 갇힌다는 느낌을 받았다. 그에게 힘이 되어주는 건 별로 없어 보였다. 낮에는 둥근 언덕배기, 만(灣)의 굴곡, 푸른 하늘이, 그가 속한 세상을 펼쳐 보이지만, 지금 그는 그 모든 것에서 벗어나 이런저런 요소들이 한데 뒤섞인, 형성되어 가는 중인 세계 속에 있었다. 평야는 마자간, 사피, 모가도르 등 저 밑에서 유리창처럼 빛을 비춰주던 도시들을 데려가며 뒤로 물러갔다. 이어 마지막으로 농가에서 불빛을 보내왔다. 지상에서 보내오는 마지막 탐조등이었다. 갑자기 앞이 깜깜하여 아무것도 보이지 않았다.

'다시 진창 속으로 빠져든 모양이군!'

베르니스는 고도계와 경사계를 주의 깊게 들여다보며, 구름 지대를 벗어나기 위해 고도를 낮췄다. 전구의 미약한 붉은빛에 눈이 부셨다. 그는 이마저도 아예 꺼버렸다.

'됐어, 이제야 빠져나왔군. 그런데 여전히 아무것도 안 보이는걸.'

소 아틀라스 산맥의 봉우리들은 표류하는 빙산처럼 반쯤 물에 잠긴 채 소리 소문 없이 나타나 보이지도 않는 상태에서 지나갔다. 그는 어깨로 이들의 존재를 느낄 수 있었다.

'아무래도 예감이 좋지 않아.'

그는 뒤를 돌아보았다. 유일한 탑승객인 정비사가 무릎 위에 손전등을 올려놓고 책을 읽고 있었다. 조종석에 있는 그에게는 숙인 머리와 동체에 거꾸로 비친 그림자만 보였다. 그림자를 드리운 그 모습이 괴이하게 보였다. "이봐!" 하고 베르니스가 소리쳤으나, 그의 목소리는 외부의 소음에 묻혀버리고 말았다. 그는 비행기 동체를 주먹으로 몇 차례 두드렸다. 정비사는 여전히 고개를 숙인 채 책을 읽고 있었다. 페이지를 넘겼을 때, 그의 표정은 심란해 보였다. "이봐!" 그는 한 번 더 불러보았다. 고작 두 팔 정도 떨어진 거리인데도 도무지 의사를 전달할 길이 없었다. 정비사와의 대화를 단념한 그는 다시 앞쪽으로 몸을 바로잡았다.

'이쯤이면 기르 곶 근처에 와 있어야 하는데, 이곳은 도무지……. 이거 큰일이군……'

그는 잠깐 생각에 잠겼다.

'바다에 너무 오래 있는 것 같은데.'

그는 나침반을 보면서 항로를 수정했다. 이상하게도 우측 난바다로 밀리는 듯한 느낌이 들었다. 왼쪽에서 정말로 산이 그를 밀어내기라도 하는 듯한 기분이었다. 그는 놀라 어쩔 줄 몰라 하는 암말처럼 불안에 떨었다.

'비가 오고 있나 보군.'

손을 밖으로 내밀자 세찬 빗방울이 손바닥을 내리쳤.

'20분 후에는 연안에 닿을 거야. 그럼 평야가 나올 테니 덜

위험하겠지.'

 그런데 갑자기 눈앞이 환해졌다! 하늘은 거짓말처럼 구름을 걷어냈고, 별들이 물에 말끔히 씻겨진 듯 반짝거렸다. 게다가 달…… 최고의 등불인 달까지 합세해주었다! 아가디르 비행장은 네온사인처럼 세 번 불을 깜빡였다.

 '눈이 부셔서 앞을 볼 수가 없군. 달빛까지 있는데 말이지…….'

2.

쥐비 곶의 새 아침이 어둠의 장막을 거둬내자, 텅 빈 듯한 무대 하나가 드러났다. 배경도 그림자도 없는 무대였다. 이 사구(砂丘)와 스페인 요새, 사막은 늘 제자리를 지키고 있었다. 잔잔한 날씨 속에서도 초원과 바다의 풍요로움을 만들어내는 은근한 움직임은 없었다. 느릿느릿 대상마차를 끌고 가는 유목민들은 모래 알갱이가 변하는 걸 보았고, 그 누구의 발길도 닿지 않은 그곳에서 저녁이면 자신들의 천막을 펼쳤다. 조금만 더 움직여봤어도 내가 사막의 광활함을 느낄 수 있었을 텐데, 이 만고불역의 풍경은 싸구려 채색판화처럼 생각을 막아 놓았다.

이곳 우물은 여기서 300km쯤 떨어진 곳에 있는 우물과 짝을 이루고 있었다. 겉으로 보기에는 우물도 똑같은 것 같고, 모래도 똑같은 것 같으며, 바닥에 잡힌 모래 주름 또한 똑같은 것 같다. 하지만 이를 엮어주고 있는 얼개는 완전히 새로운 것이었다. 매 순간 새로워지는 파도 거품처럼 이 또한 항상 새로운 것으로 갈아진다. 두 번째 우물에서 나는 고독감을 느꼈고, 그 다음 우물에서는 외따로 분리되어 있음이 실로 신비롭게 느껴졌다.

아무런 사건도 없이, 하루가 단조롭게 흘러갔다. 그렇게 흘러가는 하루는 천문학자 망원경 속 태양의 움직임과도 같았다. 몇 시간 동안 지구의 배가 태양에 가 있는 것과도 같은 것이다. 이렇게 되면 말이란 것은 인류가 장담했던 담보물을 서서히 잃어버린다. 말에는 오직 모래만이 가둬져 있을 뿐이었다. '애정'이라든가 '사랑'과 같은 지극히 의미심장한 단어들조차 우리의 마음속에 그 어떤 무게감도 남겨주지 못했다.

• • •

'5시에 아가디르를 출발했으니, 벌써 도착하고도 남았을 시간인데.'

"5시에 아가디르를 출발했으니, 벌써 도착하도고 남았을 시간입니다."

"그야 그렇지만 남동풍이 있어서요."

하늘은 온통 누런빛이었다. 몇 시간 뒤 바람이 불면 몇 달간 북풍이 빚어놓은 사막의 풍경을 완전히 뒤엎어버리고 말 것이다. 하루는 혼란 속에 빠져버린다. 비스듬히 놓인 사구들은 긴 실타래처럼 모래를 흩뿌려놓을 것이고, 각각의 사구는 헤쳐졌다가 조금 더 먼 곳에서 다시 모양을 만들어낼 것이다.

조용히 귀를 기울여본다. 아니다. 이건 바다 소리다.

항공로가 개척된 우편기라면 하등의 문제 될 게 없다. 아가디르와 쥐비 곶 사이는 아직 미개척된 항공로로, 이 구간에서 호의적인 친구는 그 어디에도 존재하지 않는다. 조금 전 하늘에서는 움직이지 않는 신호 하나가 새로이 만들어진 듯하다.

'5시에 아가디르를 출발했는데……'

사람들의 머리에는 어렴풋이 비극적인 생각이 자리 잡는다. 우편기가 고장이 났는가 싶다가, 기다리는 시간만 더 길어질 뿐 아무런 소식이 없으면 다소 예민해진 분위기 속에서 생산성 없는 논쟁이 이어진다. 그러다가 예정된 시간과의 시간 차가 너무 많이 벌어지면 동작이 줄어들고 말이 짧아지며 불편함에 사로잡힌다.

그리고 별안간 탁자 위로 주먹이 내리쳐진다.

"제기랄, 벌써 10시라고!"

이 말에 사람들이 화들짝 놀란다. 무어인 동료였다.

• • •

무선사가 라스 팔마스와 교신 중이다. 디젤엔진이 요란스럽게 연기를 내뿜고, 교류발전기는 터빈처럼 윙윙거린다. 그는 두 눈을 전류계에 고정시켜 놓고 있다. 매번 방전될 때마다 장애가 생길 수도 있기 때문이다.

나는 선 채로 기다린다. 몸이 비스듬히 기울어진 무선사는 내게 자신의 왼손을 내밀고 오른손으로는 여전히 기기를 조작하고 있다. 이어 내게 소리친다.

"뭐라고?"

내게는 아무 말도 전해지지 않는다. 20초가 지났다. 그는 또 소리를 질렀다. 여전히 내게는 뭐라는지 들리지 않는다. 나는 '예?' 라고만 할 뿐이다. 주변에서 모든 게 반짝거린다. 틈새가 벌어진 덧문은 한 줄기 햇살을 들여보내 준다. 디젤엔진의 크랭크가 축축한 불꽃을 일으키고, 그 짙은 태양빛을 휘저어 놓고 있었다.

한참 만에 내 쪽으로 돌아앉은 무선사가 수신기를 벗는다. 엔진이 몇 번 캑캑거리다가 멎는다. 나는 마지막 말 몇 마디를 들었다. 갑자기 조용해지자 그는 내가 한 100m쯤 떨어져 있는 사람처럼 고래고래 소리를 질러서 말을 한다.

"…… 상관하지 않겠다는 태도로군!"

"누구 말이오?"

"저들 말입니다."

"아, 그래요? 아가디르를 불러낼 수 있소?"

"통신 재개 시간이 아직 안 됐는데요."

"하여간 해봅시다."

나는 전송할 메시지를 메모판 위에 휘갈겨 쓴다.

'우편기 미착. 이륙 지연되었는가? 이륙 시간 다시 알려주기 바람.'

"여기 이 전문을 송신해 보시오."
"네, 불러보겠습니다."
다시 소음이 시작된다.
"어떻게 됐소?"
"…… 봐요!"
마치 꿈을 꾸고 있는 듯 정신이 산만하다. 그는 '기다려 봐요.'라는 말을 하려던 것 같다. 우편기는 대체 누가 조종하고 있는 건가? 베르니스, 정말 자네인가? 지금 이렇게 시공간을 벗어나 있는 조종사가 대체 누구란 말인가?

무선사는 무선신호를 종료시킨 후 다시 접속단자에 전원을 넣고 수신기를 귀에 꽂는다. 연필로 탁자 위를 또드락거리며 시간을 한번 본 뒤 곧 이어 하품을 한다.

"고장이라……. 이유가 뭐죠?"

"그걸 내가 어떻게 알겠소."

"하긴 그렇군요. 아……. 아무것도 안 들려요. 아가디르에서는 수신이 안 되는 모양인데요."

"다시 해보겠소?"

"다시 해보지요."

엔진이 다시 가동되기 시작한다.

• • •

아가디르에서는 여전히 응답이 없다. 우리는 지금 아가디르의 목소리에 귀 기울이고 있다. 만약 아가디르 무선국이 다른 무선국과 교신을 시작하면, 우리도 그 통신망 속으로 끼어들 참이다.

나는 의자에 앉는다. 무료함을 덜기 위해 수신기를 집어 들고 귀에 댄다. 마치 수많은 새들이 재잘거리는 커다란 새장 안으로 들어간 것 같다. 아주 짧거나 혹은 길게, 또 어떤 것은 너무 빠르게 진동한다. 이런 언어를 해독하기는 쉽지 않다. 하지만 텅 빈 곳이라고 생각했던 하늘은 보이지 않는, 얼마나 많은

소리들로 가득 차 있는가.

세 곳의 무선국에서 신호를 보내왔다. 한 무선국이 무전 신호를 종료하면, 다른 무선국이 곧바로 끼어든다. 또 한쪽이 신호를 종료하면 다른 쪽에서 또 끼어들고 하는 식이다.

"이거요? 보르도 무선 호출국입니다."

날카로우면서도 다급하고 아득한 지저귐이 계속해서 들려온다. 소리는 더 무겁고 더 느리다.

"그럼 이거는요?"

"다카르입니다."

애석해하는 말투였다. 소리는 끊어졌다 이어졌다를 반복했다.

"바르셀로나가 런던을 부르고 있는데……. 런던에서는 아무런 응답이 없군요."

생트 아시즈 어딘가 아주 먼 곳에서 중얼거리는 소리가 희미하게 들린다. 사하라 상공에서 어떻게 이런 만남이 이뤄질 수 있는 걸까! 유럽 전체가 한군데 모이고, 각 나라의 수도들이 새 지저귀는 소리로 비밀 얘기를 주고받고 있지 않은가.

갑자기 바로 가까이에서 윙윙거리는 소리가 터져 나온다.

COURRIER SUD

스위치 하나를 건드리자 다른 목소리들이 잠잠해진다.

"아가디르였소?"

"예, 아가디르였습니다."

무슨 까닭인지 무선사는 시계추에 두 눈을 고정한 채, 계속해서 호출 신호를 보낸다.

"아가디르에서 들었소?"

"아니요, 하지만 지금 카사블랑카와 교신 중이니까 곧 알 수 있을 겁니다."

우리는 천사의 비밀을 몰래 엿듣고 있다. 허공에서 방황하던 연필은 메모판 위로 내려가 글자 하나를 뱉어놓는다. 또 하나를, 그리고는 순식간에 열 개를 뱉어놓는다. 글자들이 형태를 이루기 시작한다. 마치 꽃이 피어나는 형상이다.

'카사블랑카에 알림……'

제길! 테네리프(카나리아 군도에서 가장 큰 섬) 때문에 아가디르의 통신 내용을 제대로 알아들을 수가 없다. 테네리프의 엄청나게 큰 목소리가 수신기를 가득 채워놓는다. 그러다가 별안간 뚝 그친다.

　　무전: …… 착륙 6시 30분. 다시 이륙…….

　불청객 테네리프가 다시 훼방을 놓고 있다. 그러나 내가 알려던 것은 충분히 알았다. 6시 30분에 우편기는 아가디르로 되돌아갔다.

　무전: 안개 때문인가, 엔진 고장인가?
　무전: …… 7시가 되어서야 다시 출발할 수 있었다. 연착은 아니다.
　무전: 고맙다.

3.

자크 베르니스, 자네가 도착하기 전에 자네가 누군지에 대해 말해야겠네. 어제부터는 무선송신장치 덕분에 자네의 정확한 위치를 알 수 있었지. 오늘 자네는 이곳에 도착해서 규정대로 20분간 머무를 걸세. 자네를 위해 나는 통조림 한 통을 열고 포도주 한 병을 딸 생각이야. 자네는 우리에게 사랑이니, 죽음이니 하는 진짜 제대로 된 문제들에 대해서는 일언반구 말도 안 한 채, 바람의 방향이 어떻고 하늘의 상태는 어떤지, 엔진은 또 어떤 지경인지에 대해서만 이야기를 늘어놓겠지. 그저 우리와 마찬가지로 정비사들이 던지는 가벼운 농담에 킬킬대며 웃을 것이고, 덥다고 투덜대겠지.

나는 자네가 지금 어떤 비행을 마치고 돌아온 건지 이야기하려 하네. 자네가 어떻게 사물의 이면을 들추어보고, 우리 옆에서 자네가 걸어온 길이 우리가 걸어온 길과 어떻게 다른지 이야기해볼 참이야.

자네와 나는 유년시절을 같이 보냈지. 그 시절을 회상하면 문득 담쟁이덩굴로 뒤덮인 채 쓰러져가는 오래된 담장이 떠오른다네. 우리는 대담한 아이들이었지.

"뭐가 두렵다는 거야? 문 열어봐."

그래, 담쟁이덩굴로 뒤덮인 채 쓰러져가는 오래된 담장. 그 담장은 메마르고 일부가 허물어져 물이 새나갔고, 햇볕의 흔적과 실재(實在)의 흔적이 고스란히 남아 있는 담장이었지. 우리가 그냥 '뱀'이라고만 불렀던 도마뱀들은 넝쿨 사이를 지나다니며 바스락거리는 소리를 냈네. 이미 우리는 죽음이라는 도피의 이미지까지 좋아하고 있었어. 담 한쪽에 있는 돌들에는 온기가 서려 있었고, 돌들은 마치 달걀처럼 담장 속에 품어져 있었고, 마치 달걀처럼 둥글었지. 흙덩어리 하나하나가, 나무의 잔가지 하나하나가 이 태양빛에 의해 그 신비로움을 모두 벗어버렸었어. 담 너머 저편으로는 풍요롭고 충만하게 시골 마을의 전형적인 여름날이 한껏 펼쳐지고 있었네. 거기에선 교회의 종탑이 보였고, 탈곡기 돌아가는 소리가 들려왔어. 하늘에선 비어 있는 모든 부분이 푸른빛으로 가득했지. 농부들은 낫으로 밀 이삭을 베고, 신부는 포도나무를 소독하고, 어른들은 거실에서 브리지 게임을 즐겼네. 그들은 태어나서 죽을 때까지 육십 평생 이상을 이 외진 땅에서 보내며 이 태양과 밀밭, 집을 지키며 살아온 사람들이었네. 우리는 이들 세대를 살아 있는 '파수꾼'이라고 불렀지. 이유는 과거와 미래라는 이 두 개의 무시무시한 바다 사이에서 가장 위협받는 섬에 있는 걸 우리가 좋아했기 때문이지.

"열쇠를 돌려 봐……."

오래된 나룻배의 다 벗겨진 녹색처럼 빛바랜 녹색의 작은 대문을 여는 건 아이들에겐 금지되어 있었네. 시간의 옷을 입어 녹이 슨 이 커다란 자물쇠에 손을 대는 것 또한 아이들에겐 금지된 행위였지. 자물쇠는 마치 바다에 정박해 있는 범선의 낡은 닻과 같지 않았나.

물론 어른들은 위가 뚫려 있던 이 웅덩이 때문에 우리가 잘못될까 봐 걱정된 거겠지. 늪에 빠져 익사한 아이의 공포가 있었던 건지도. 문 뒤에는 우리가 천 년 동안 움직임이 없었을 거라고 말했던 물웅덩이가 잠들어 있었네. 누군가 죽은 물에 대해 말할 때마다 우리는 이곳 물을 생각했지. 초록빛의 작고 둥근 이파리들이 녹색 천으로 뒤덮여 있듯 물에 옷을 입혀주고 있었어. 우리는 돌멩이를 던져보았고, 돌멩이는 구멍들을 만들어 놓았지.

그 육중하고 오래된 나뭇가지 아래에선 그 얼마나 시원했던가. 나뭇가지들은 햇빛의 무게를 견디어 주었지. 그 어떤 햇살도 흙 속의 여린 잔디를 노랗게 만들 수가 없었고, 대지의 귀중한 겉옷에는 손조차도 댈 수가 없었네. 우리가 던진 조약돌들은 별의 운행처럼 제 갈 길을 나아갔네. 우리에게 있어 이 물은 그 깊이를 알 수가 없었으니까.

"좀 앉자……."

그곳에서는 그 어떤 소리도 우리에게 들리지 않았었지. 우리는 우리의 육신을 새롭게 만들어주었던 습기와, 향기와, 청량함을 맛보았었네. 우리는 세상의 끝에서 길을 잃어버렸지. 우리는 이미 여행을 한다는 게 무엇보다도 자신의 육신을 변화시키는 일이란 걸 알았던 거야.

"여기는 세상의 다른 쪽 면이야."

그곳은 무척이나 자신만만한 이 여름의 이면이었고, 그 시골마을의 이면이었으며, 우리를 포로처럼 잡아두고 있는 얼굴들의 이면이었지. 우리는 그 강요의 세상을 끔찍이도 싫어했었잖나. 저녁때가 되면 우리는 인도양에서 보물을 낚아 올린 잠수부처럼 가슴속에 묵직한 비밀들을 잔뜩 품은 채 집으로 돌아왔지. 해가 서산에 기울고 식탁보가 장밋빛으로 물들 황혼이 되면 사람들은 이렇게 말하곤 했었지.

"해가 점점 길어지는군."

그 말에 우리는 마음이 아파졌었네. 우리 스스로가 이 낡은 관습과, 계절·휴가·결혼·죽음 등으로 이루어진 판에 박힌 삶의 노예처럼 느껴졌기 때문이지. 겉치레에 불과한 이 덧없는 소란이 다 뭐란 말인가.

도망친다는 것, 그게 중요한 것이네. 열 살 때 우리는 다락

방 골조 안에서 도피처를 발견했지. 죽어 있는 새들과 낡고 터진 트렁크들, 이상야릇한 옷가지들……. 그건 인생의 뒤안길과도 같은 것이었네. 우리가 '숨겨진 보물'이라 칭했던 이 보물은 동화책에 나오는 것과 똑같은 낡은 저택의 보물과 다를 바가 없었지. 사파이어나 오팔, 다이아몬드에 버금가는 보물이었어. 우리의 보물은 미약한 빛을 내고 있었네. 보물은 각각의 벽과 대들보가 존재하는 이유였어. 대들보들은 알 수 없는 그 무언가로부터 집을 지켜주고 있었어. 그래, 시간으로부터 집을 지켜주고 있었던 게야. 시간은 우리 집에서 엄청난 적이 됐기 때문이지. 사람들이 시간에 대해 스스로를 지키는 길은 전통이라는 방법을 통하는 것이었네. 과거의 의식을 계속해서 행함으로써 세월의 힘에 맞서 싸우는 것이지. 엄청난 대들보도 시간에 맞서 싸워주고 있었어. 하지만 우리는 그 집이 한 척의 배가 출항하듯 항해를 하고 있었다는 사실을 알고 있었네. 오직 우리들만 알고 있는 사실이었지. 유일하게 선창, 화물창까지 가봤던 우리는 어디로 물이 새어 들어오는지 알고 있었네. 생을 마감하려는 새들이 들어와서 죽는 지붕의 구멍들도 알고 있었지. 집안 골조의 갈라진 틈바구니도 알고 있었네. 아래층 거실에서 손님들은 잡담을 나누었고, 아리따운 여인들은 춤을 추었었지. 이 얼마나 이중적인 평화로움이란 말인가! 아마도 사람들은 손에 흰 장갑을 낀 흑인 하인들이 가져다주는 리큐어를 즐기고 있었겠지. 지나가는 손님들은 그저 그렇게 즐기고만 있었을 뿐이네. 하지만 그 위에서 우리들은 지붕의 갈라진 틈을 통해 푸른 밤이 스며드는 것을 바라보고 있었지. 그 작디작은 구멍으로 오직 별 하나만이 우리 곁을 찾아왔네. 우리에게 있어서는 하늘 전체에서 홀로 밝게 빛나는 별이었지. 그건 병이 들게 하는 별이었네. 우리는 고개를 돌려버렸네. 죽음을 가져다주는 별이었기 때문이지.

우리는 소스라치게 놀랐네. 우리를 둘러싼 모든 것들이 어둠 속에서 묵묵히 자기 일을 하고 있었기 때문이지. 대들보는 자신이 품고 있는 보물로써 빛을 발했네. 삐걱하는 소리가 날 때마다 우리는 나무를 떠올렸지. 모든 게 알갱이를 내보낼 준비가 된 콩깍지 같았어. 낡은 껍데기 안에는 무언가 다른 게 들어 있음을 우리는 믿어 의심치 않았지. 작고 단단한 다이아몬드 같은 이 별 또한 그와 다르지 않을 것이었어. 언젠가 우리는 남쪽 혹은 북쪽으로 걸어가게 될 걸세. 아니면 우리 자신을 찾아

스스로를 향해 걸어갈 수도 있겠지. 그렇게 도망치는 거지.

잠잘 시간을 알려주는 별 하나가 자신을 가리고 있던 슬레이트 지붕을 돌아 하나의 분명한 신호처럼 우리 앞에 나타났지. 그러면 우리는 침실로 내려갔네. 그리고 우주에서 사방으로 뻗어나간 빛줄기가 수천 년을 떠돈 끝에 우리에게 도달하는 것처럼, 신비로운 돌이 물줄기 사이를 끊임없이 흘러가는 세상에 대한 기억과, 불어오는 바람에 집이 삐걱거리며 풍랑을 만난 배처럼 위협받는 세상에 대한 기억, 그리고 이런저런 것들이 은근히 보물이 되고 싶어 하는 충동으로 차례차례 반짝이는 세상에 대한 기억을 간직한 채 우리는 꿈속에서 긴 여행을 시작했었지.

• • •

"우선 앉게나. 난 어디가 고장이라도 난 줄 알았네. 한잔 하지. 정말이지 어디 고장이라도 났는 줄 알고 자네를 찾으러 나가려고 했었어. 비행기가 이미 활주로에서 이륙할 준비를 하고 있었다고. 저길 보게나. 아잇투사 부락 사람들이 이자르구

앵 부락을 습격했다네. 혹여 자네가 그 소요사태에 휘말린 줄 알고 걱정했었지. 마시게나. 뭐 먹고 싶은 거라도 있는가?"

"그만 가보겠네."

"5분 남았지 않은가. 이보게, 주느비에브하고 무슨 일이 있었던 게야? 그런데 왜 웃는 거지?"

"아, 아무 일도 없었네. 방금 전에 조종석에서 느닷없이 옛날 노래 하나가 생각났어. 갑자기 어린아이가 된 기분이었네……."

"그래, 그건 그렇고 주느비에브는?"

"잘 모르겠네, 이만 가 볼게."

"자크, 대답 좀 해보게, 그 뒤로 다시 주느비에브를 만났나?"

"응……."

그는 주저했다.

"파리에서 툴루즈로 내려오는 길에 한 번 더 만나보려고 길을 곧장 오지 않고 돌아 왔었지……."

그러고 나서 자크 베르니스는 그동안 있었던 일을 털어놓았다.

4.

그건 시골의 작은 기차역이라기보다는 숨겨진 문이라고 해야 맞을 것 같았다. 역은 밭쪽을 향하고 있었다. 검표원이 한가로이 바라보는 가운데, 사람들은 신비로울 게 없는 하얀 길과 개울, 들장미숲 쪽으로 나아갔다. 역장은 장미꽃들을 돌보았고, 역무원은 빈 손수레를 미는 시늉을 했다. 비밀의 세계를 지키는 세 파수꾼은 그렇게 가장된 행동 속에서 경계를 서고 있었다.

베르니스의 차표를 들여다보던 검표원이 물었다.

"파리발 툴루즈행인데 왜 여기서 내리시는 겁니까?"

"다음 열차로 갈아타고 가려고요."

검표원이 그의 얼굴을 뚫어지게 쳐다봤다. 그에게 들어가도록 허락해도 좋을지 잠시 망설였다. 하얀 길과 개울, 들장미 숲으로가 아니라, 메를랭 이후로 사람들이 가장된 모습으로 들어갈 줄 알게 된 이 왕국으로 들어가게 해주느냐의 문제였다. 이 젊은이는 분명 오르페우스 시절 이래로 여행할 때 요구되는 용기와 젊음, 사랑 등 세 가지 미덕을 모두 갖춘 사람처럼 보였다.

"통과하시오."

검표원이 말했다. 특급열차는 이 역이 마치 무슨 착시현상을 일으키는 존재인 양 이곳을 서지 않고 지나갔다. 이 역은 마치 가짜 웨이터와 가짜 악사들, 그리고 가짜 바텐더로 치장한 비밀 주점이라도 되는 것처럼 보였다. 완행열차 안에서 이미 베르니스는 자신의 삶이 방향을 바꾸어 느릿느릿 가고 있음을 느끼고 있었다. 어느 농부의 손수레를 얻어 타고 가던 베르니스는 우리들의 세계로부터 여전히 더 멀어져 가고 있었다. 그는 신비의 세계로 점점 더 빠져 들어갔다. 이미 서른 살의 나이에 주름을 잔뜩 지고 있어 더 늙을 수도 없을 것 같았던 농부는 그에게 들판 하나를 가리켰다.

"이 녀석들 무척 빨리 자라요."

이곳에서 자라는 밀들은 우리의 눈에 띄지도 않은 채 얼마나 다급하게 태양을 향해 커가고 있던가!

• • •

농부가 이번에는 담을 가리키며 말했다.

"저 담은 우리 고조부께서 쌓으신 거랍니다!"

그 말을 들었을 때 베르니스는, 세상 사람들이 한층 더 멀어

보이고, 불안정하며, 불행하다고 생각했다.

그는 영원의 벽과 영원의 나무를 만져보았다. 그는 자신이 목적지에 도착했음을 알아차렸다.

"이곳이 바로 그 댁입니다. 돌아오실 때까지 기다릴까요?"

그곳은 물속에 잠들어 있는 전설의 왕국이었다. 그곳에서 베르니스는 한 시간을 백 년처럼 느끼며 서 있었다.

그날 저녁에도 손수레와 완행열차, 급행열차는 베르니스가 우리를 오르페우스 이후의 세계, '잠자는 숲 속의 미녀' 이후의 세계로 억지로 데려가는 도피행을 가능하게 해주었다. 그

는 하얀 뺨을 차창에 대고 툴루즈로 향하는 다른 여행객과 다를 바가 없어 보였다. 하지만 마음속 깊이 그는 '달의 빛깔'이라든가 '시간의 색깔' 같은 말로 다 형언할 수 없는 추억을 담고 있을 것이었다.

기묘한 방문길이었다. 환하게 맞이하여 주는 소리도 들리지 않았고, 놀라는 기색 또한 없었다. 길은 둔탁한 소리를 만들어냈다. 베르니스는 예전처럼 울타리를 뛰어넘었다. 정원 샛길에 잡초들이 무성하게 자라나 있던 것을 빼고는 달라진 게 아무것도 없었다. 집은 나무들 사이로 하얀 자태를 드러내고 있었지만, 꿈속에서처럼 손에 닿을 수 없는 곳에 있는 것 같았다. 다가서면 신기루처럼 사라져버리는 건 아닐까? 그는 널따란 돌층계를 올라갔다. 필요에 의해 만들어진 것이었지만, 돌층계에서는 안정적인 편안함이 느껴졌다.

'이 집에서는 무엇 하나 허투루 만들어진 것이 없군…….'
현관 입구는 어두컴컴했다. 의자 위에는 하얀 모자가 하나 놓여 있었다. 그녀의 모자일까? 이 얼마나 사랑스럽게 흐트러진 모습인가? 이건 아무렇게나 방치해둔 무질서와는 거리가 멀었다. 존재감을 나타내주는 무질서였던 것이다. 그에게는 누군가가 남기고 간 동작의 흔적들이 느껴졌다. 의자는 약간 뒤로 밀려난 채 누군가가 그 위에 앉아 한쪽 손을 테이블 위에 올려놓았을 것이다. 거기 있었을 사람의 행동이 그의 눈에 훤히 보였다. 책 한 권이 펼쳐져 있다. 대체 여기 있다 방금 자리를 뜬 사람은 누구일까? 그렇게 자리를 뜬 이유는? 책에서 본 마지막 문장이 누군가의 마음속에서 노래로 불리고 있을지도 모를 일이었다.

한 집에서 일어나는 무수한 일들과 무수한 소란들을 떠올리며 베르니스는 슬며시 미소를 지었다. 사람들은 늘 같은 요구 사항에 대비하고 늘 같은 무질서를 정리하며 종일 그렇게 집 안을 돌아다닌다. 비극은 지극히 사소한 일들에서 비롯된다. 지나가던 나그네나 이방인의 입장이 되어본다면 충분히 웃어넘길 수 있는 그런 일들이다.

베르니스는 생각했다. 하여튼 여기 또한 다른 곳과 마찬가지로 일 년 내내 하루 한 번 해가 지는 곳이었어. 그렇게 한 번의 주기가 끝나면 다음 날 똑같은 주기가 또다시 이어지며 새 하루를 열어주었지. 사람들은 저녁을 향해 나아갔고, 해가 지면 사람들에겐 근심 걱정할 게 아무것도 없었지. 커튼은 쳐지고 책들은 정리되고 벽난로 앞 불막이는 제자리를 지켰어. 이렇게 얻어진 휴식의 시간은 영원할 수 있었고, 영원한 듯 보였지. 내가 보내는 밤의 시간이란 휴식보다도 못한데……'

베르니스는 쥐죽은 듯 자리에 앉아 있었다. 그는 감히 그 어떤 인기척도 낼 수가 없었다. 모든 게 너무도 조용하고 평온해 보였기 때문이다. 정갈히 드리워진 블라인드 사이로 한 줄기 햇살이 스며들어 왔다. '한 군데 헤진 데가 있었군. 여기서는 알지 못하는 사이에 늙는구나.' 하고 베르니스는 생각했다.

'대체 뭘 알고 싶어 여기까지 온 것인가?' 그는 스스로에게 반문해 보았다. 옆방에서 들리는 발소리가 집안 전체에 마법처럼 울려 퍼졌다. 차분한 걸음이었다. 제단의 꽃을 정리하는 수녀의 발걸음과도 같았다. '무언가 섬세한 일이라도 하고 있던 것일까? 내 삶은 비극처럼 촘촘한데, 이곳은 각각의 움직임 사이에, 저마다의 생각들 사이에 공기와 공간뿐이로구나.'

창문으로 그는 전원 풍경을 굽어보았다. 기도를 하러 가는 길, 사냥을 하러 가는 길, 편지를 부치러 가는 길과 더불어 햇볕 아래 긴장감이 맴도는 전원 풍경이었다. 멀리서는 탈곡기 돌아가는 소리가 덜컹거리며 들려왔다. 노력을 기울여야 들을 수 있는 소리였다. 어느 배우의 너무나도 작은 목소리가 장내를 압박했다.

새로운 발소리가 들려왔다. '골동품으로 가득 찬 진열장을 정리하고 있나 보군. 어느 세기든 한 세기가 물러갈 때는 그 시대의 잔해를 남기는 법이지.'

그때 사람들의 말소리가 들려왔고, 베르니스는 여기에 귀를 기울였다.

"그녀가 이번 주를 넘길 수 있겠소? 의사선생님 말씀으로는……"

발소리가 멀어져 갔다. 너무나도 놀란 그는 잠자코 있었다. 대체 누가 죽어가고 있단 말인가? 그는 가슴이 미어졌다. 그는 하얀 모자, 펼쳐진 채 놓여 있던 책 등 삶의 흔적이 보였던 걸 모조리 떠올려봤다.

또다시 사람들의 말소리가 들려왔다. 그들의 목소리에는 애정이 가득했지만, 분위기는 차분했다. 사람들은 집안에 죽음의 그림자가 드리워지고 있다는 걸 알고 있었다. 사람들은 고개를 돌리지 않은 채, 묵묵히 죽음을 받아들이고 있었다. 대화는 꾸밈없이 간결했다. 베르니스는 생각했다. '모든 것이 간

단하구나…… 산다는 것도, 골동품을 정리한다는 것도, 그리고 죽는다는 것도…….'

"거실에 꽃은 꽂아 놨나?"

"예."

사람들은 감정을 억누르며, 담담하고 조용한 목소리로 이야기를 나누고 있었다. 수많은 사소한 일에 대해 말하고 있었으나, 이들 앞으로 다가온 죽음의 그림자가 이들을 어둡게 물들이고 있었다. 잠깐 웃음소리가 나는가 싶더니, 금세 사라졌다. 별로 깊이 있는 웃음은 아니었으나, 무대 위의 권위를 해치지는 않았다. 누군가가 말하는 소리가 들려왔다.

"올라가지 말아요. 그녀가 자고 있어요."

가슴이 아파져 오는 가운데, 베르니스는 쥐죽은 듯 조용히 앉아 있었다. 그는 누군가에게 발각될까 두려웠다. 모든 걸 표현해야 한다는 필요성 때문에 이방인은 보다 격식 없는 고통을 만들어내는 법이다. 사람들은 그에게 "그녀와 알고 지냈던 게 바로 당신이었지? 그녀를 사랑했던 게 바로 당신이었어!"라고 소리칠 것이다. 그러면 그는 죽어가는 그녀의 훌륭했던 점들에 대해 호의적이고 인상 깊게 돋보이도록 칭송을 늘어

놓아야 할 것이다. 그에게는 그게 고역일 터였다.

그러나 그는 이렇게 가족적인 슬픔에 동참할 만한 자격이 있었다.

'나는 그녀를 사랑했으니까……'

다시 한번 그녀를 만나야겠다는 생각에 남몰래 조용히 계단을 올라간 베르니스는 그녀가 있는 방문을 살며시 열었다. 그 방은 찬란한 여름의 빛으로 가득 차 있었다. 벽은 환했고, 침대는 흰색이었다. 열린 창문으로는 햇빛이 쏟아져 들어왔다. 멀리서 울리는 평온하고 느릿느릿한 교회 종소리가 심장박동소리처럼 들려왔다. 있어야 할 온기가 없는 심장 박동소리 같았다. 그녀는 잠이 들어 있었다. 한여름의 참으로 사치스런 잠이었다.

'그녀가 죽어가고 있어……' 그는 발꿈치를 들고서 반짝반짝 윤이 나는 마룻바닥을 걸었다. 그는 그 자신의 평정심에 대해 이해할 수가 없었다. 그런데 그녀가 신음소리를 냈다. 베르니스는 감히 더 앞으로 나아갈 수가 없었다.

그는 엄청난 존재감을 느꼈다. 환자들의 영혼은 방 안 가득 퍼져 이를 꽉 채우고 있다는 사실, 그리고 방은 마치 하나의 너벅선 같다는 사실을 깨달았다. 거기에선 감히 어떤 가구 하나 손댈 수도 없고, 발걸음을 뗄 수도 없다.

방 안은 쥐죽은 듯 조용했다. 오로지 파리 몇 마리가 윙윙거리고 있었을 뿐이다. 저 멀리서 누군가 부르는 소리가 적막을 깨고 있다. 서늘한 바람 한 줄기가 방 안으로 불어왔다. '벌써 저녁이 되었군.' 베르니스는 머지않아 닫힐 덧문과 환하게 켜질 램프의 불빛을 떠올렸다. 이윽고 넘어야 할 산처럼 밤이 환자를 덮칠 것이다. 곁에서 밤을 지키는 램프는 신기루처럼 황홀하게 빛을 발할 것이며, 그림자가 돌아가지 않는 사물들, 그리고 사람들이 12시간 같은 각도에서 바라보는 사물들은 결국 뇌리에 새겨진 채 견디기 힘든 무게로 짓누를 것이다.

"거기 누구 있어요?"

그녀가 물었다.

베르니스는 가까이 다가갔다. 그의 입술에 애정과 연민의 물결이 일었다. 그는 허리를 굽혀 그녀를 부축했다. 두 팔로 그녀를 들어 올려 자신의 힘으로 유지했다.

"자크……."

여자가 그를 뚫어져라 쳐다보았다.

"자크……"

그녀는 생각의 밑바닥에서 그를 끌어올리고 있는 듯했다. 그녀가 그의 어깨를 찾았던 것이 아니라 자신의 추억들을 더듬어 보았다. 물에 빠진 사람이 손에 닿는 것이면 무엇이든 움켜쥐려는 것처럼 여자는 그의 소매에 매달렸다. 그러나 그녀가 붙잡고 있는 것은 어떤 존재도, 어떤 물체도 아니었다. 그것은 단지 하나의 이미지였을 뿐이다. 그녀는 계속해서 그를 바라봤다.

그러자 그는 점점 이상한 기분이 들었다. 주느비에브는 이 주름도, 이 시선도 알아보지 못했다. 그녀는 그의 손을 부여잡으며 호소하고 있었으나, 그는 그녀에게 어떤 구원의 손길도 줄 수가 없었다. 그는 그녀가 가슴속에 품고 있던 그 모습이 아니었다. 이 모습에 싫증이 난 그녀는 그를 밀어내고 고개를 돌렸다.

그녀와의 거리는 이제 넘어설 수 없는 수준이 되어 있었다.

그는 조용히 방을 빠져나와 발소리를 죽이며 다시 한번 복도를 가로질러 갔다. 먼 여행에서 돌아온 느낌이 이럴까. 혼란스러웠던 여행, 어렴풋하게 떠오르는 긴 여행으로부터 되돌아오는 느낌과 비슷했다. 고통을 느꼈던 것일까? 슬픔에 잠긴 것일까? 화물창에 바닷물이 스며들듯 저녁이 슬그머니 깔렸다. 골동품들은 이미 어둠을 머금고 있었다. 유리창에 이마를 기댄 채, 그는 보리수 그림자가 길어지고 서로 합쳐지며 밤의 머리털을 채워가는 걸 보았다. 저 멀리서 마을 하나가 반짝였다. 고작 한 줌 희미한 불빛일 뿐이었다. 그의 손으로 잡아둘 수 있을 것만 같았다. 이미 거리감은 사라지고 없었다. 팔을 쭉 뻗으면, 손가락이 산언덕에 닿을 수 있을 것 같았다.

집 안에서의 사람 목소리가 잠잠해졌다. 집안 정리는 끝마쳐진 상태였다. 그는 꼼짝하지 않았다. 그날 저녁과 비슷했던 어떤 저녁의 기억이 떠올랐다. 사람들은 잠수부처럼 힘겹게 몸을 일으켰다. 여자의 매끄러운 얼굴이 굳어졌고, 갑자기 사람들은 앞으로의 일이, 죽음이 두려워졌다.

그는 밖으로 걸어 나왔다. 나오면서 누군가가 알아채기를, 그래서 자신을 멈춰 세우기를 바라며 뒤를 한번 돌아다보았다. 그러면 그의 마음이 슬픔과 기쁨으로 반반 섞여 있을 것이었다. 하지만 아무 일도 일어나지 않았다. 아무도 그를 붙잡아주지 않았다. 그는 아무런 저항 없이 나무들 사이로 미끄러져 들어갔다. 그는 울타리를 뛰어넘었다. 길이 딱딱하게 울려 왔다. 그게 끝이었다. 그는 절대, 이곳에 다시 오지 않을 것이다.

5.

베르니스는 이륙하기 전에 자신의 이야기를 모두 간추려서 이렇게 들려주었다.

"나는 내가 살고 있는 이 세계로 주느비에브를 끌어들이려고 했었네. 하지만 내가 그녀에게 보여준 것은 모두가 빛이 바래고 흐릿해져 버렸지. 첫날밤에는 우리 앞을 가로막은 벽이 너무나도 두꺼워서 우리는 이를 도저히 건널 수가 없었어. 나는 그녀에게 그녀의 집이며 삶이며 영혼이며 하는 것을 도로 되돌려주어야 했네. 포플러 나무가 하나하나 지나가고, 우리가 파리에 점점 더 가까워질수록 세상과 우리 사이의 두꺼운

벽은 점점 사라져갔지. 마치 내가 그녀를 바다 밑으로라도 끌어내리고 싶어 했던 것 같았어. 나중에 내가 다시 그녀를 만나려고 했을 때, 그때는 그녀를 가까이 할 수가 없었네. 그때 우리들 사이에는 공간이 가로막혀 있는 게 아니었네. 그보다 더한 것이, 뭐라고 하면 좋을까? 4년이라는 세월이 한 천 년쯤 되어버린 것 같았지. 다른 삶과의 거리는 그렇게 멀리 떨어져 있고, 그렇게 다른 것이었네. 하얀 침대 시트와, 여름과, 명백한 현실들이 주느비에브에게 들러붙어 있었어. 그리고 나는 그녀를 데려올 수가 없었네. 이제 그만 가보겠네."

진주를 손에 넣었으되, 이를 수면 위로 가지고 올라올 줄 몰랐던 인도양의 잠수부여, 자네는 이제 어디에 가서 보물을 찾을 텐가? 납덩이처럼 땅에 속박된 내가 걷고 있는 이 사막에서 나는 아무것도 발견하지 못할 것이다. 하지만 마술사인 자네에게 있어서 이 사막은 모래 장막이자 겉모습에 불과할 뿐이겠지…….

"자크, 이제 떠날 시간이네."

6.

이제 손발이 마비된 그는 꿈을 꾼다. 이렇게 높은 곳에서는 바닥이 전혀 움직이지 않는 것 같다. 황사(黃砂)의 사하라는 끝이 안 보이는 길처럼 푸른 바다를 침범해 들어간다. 능숙한 조종사인 베르니스는 우측으로 쏠린 연안을 다시 바로잡고 모터를 정렬시킨 가운데 옆으로 미끄러져 나간다. 아프리카를 선회할 때마다 그는 기체를 부드럽게 기울였다. 다카르까지는 아직 2,000km가 더 남았다.

그의 눈앞에는 불귀순 지구의 눈부실 만큼 흰빛이 펼쳐져 있다. 간혹 벌거벗은 바위들이 눈에 띄었고, 바람이 모래를 쓸어다가 규칙적인 형태의 모래 언덕을 쌓는 모습도 여기저기 보였다. 부동(不動)의 대기는 모암(母巖)처럼 기체(機體)를 사로잡고 있었다. 앞뒤 흔들림도 없었고, 좌우 요동도 없었으며, 풍경마저도 정지된 듯한 느낌이었다. 온통 바람에 둘러싸인 비행기는 시간 속에서만 나아가고 있다. 첫 번째 기항지인 포르에티엔은 공간의 영역이 아닌 시간의 영역에 들어가 있다. 베르니스는 시계를 본다. 앞으로 여섯 시간을 더 정체와 침묵 속에서 견뎌야 한다. 그런 다음 비행기는 허물 벗듯 빠져나올 것이다. 새로운 세상이 오는 것이다.

베르니스는 이러한 기적을 가능케 하는 시계를 바라본다. 그러고는 꼼짝 않고 있는 회전계기의 바늘을 들여다본다. 이 계기판의 바늘이 이 다이얼 숫자를 벗어나서 고장을 일으켜 인간을 모래밭으로 내동댕이쳐 버린다면, 시간과 거리는 거의 상상조차 할 수 없는 새로운 의미를 부여받게 될 것이다. 그는 지금 4차원의 세계를 여행하고 있다.

그러나 그에게 이런 숨 막히는 느낌은 낯선 것이 아니었다. 조종사라면 누구나 경험으로 알고 있는 것이었다. 우리의 눈앞에서는 수많은 이미지가 지나간다. 우리들은 모래 언덕과 태양, 침묵의 실제 무게와 맞먹는 고독한 독방의 수감자들이다. 우리 위의 세상은 좌초되었다. 이러한 세상 속에서 우리는 연약한 피조물에 지나지 않는다. 해질녘에 그저 귀찮게 구는 영양들을 쫓아버릴 정도의 힘만을 지녔을 뿐이다. 고작 300m 밖에 못 미치는, 그래서 인간의 귀에도 제대로 도달할 수 없는 목소리를 지닌 그런 존재다. 우리는 모두 어느 날 갑자기 이 미지의 행성에 떨어져 버린 거다.

상공에서의 시간은 보통의 일상 리듬에 비하면 그 폭이 무척이나 넓은 편이다. 카사블랑카에서 우리는 우리의 만남 일정 때문에 수 시간 단위로 계산을 한다. 번번이 약속 때마다 마음이 바뀐다. 비행기 안에서는 매 30분마다 기후가 달라진다. 피부가 달라지는 셈이다. 여기에서 우리는 주 단위로 시간을 헤아린다. 우리가 기운이 없어 보이면 동료들은 우리를 들어 올려 조종석에 앉혀준다. 동료들의 무쇠 같은 강인한 손목이 우리를 그 세계 밖으로 끄집어내어 자신들의 세계로 집어넣어 주는 것이다.

수많은 미지의 세계 위에서 균형을 잡고 날아다니면서도 베르니스는 정작 자신에 대해 거의 아는 바가 없다는 것을 깨달았다. 갈증, 버려짐, 무어인들의 잔혹함은 그에게서 어떤 의미를 갖고 있는가. 어느 날 갑자기 포르에티엔 기항지만 한 달 이상 방치되는 상황이 발생한다면 그땐 어떤 심정이 될까……? 그는 다시 생각해본다.

'나는 용기가 필요한 게 아니야.'

모든 것이 그저 추상적이기만 하다. 젊은 조종사가 공중회전을 시도할 때, 그가 머리 위로 버리는 것은 비록 가까이 있을지언정 순간의 방심으로 그를 산산조각 내버릴 수 있는 엄청난 장애물들이 아니다. 그가 머리 위로 버리는 건 바로 꿈속에서처럼 유유히 흘러가는 장벽과 나무들이다. 베르니스, 용기라고 했나, 자네?

하지만 그런데도 지금 엔진이 요동을 치자, 언제 무슨 일을 일으킬지 알 수 없는 불안감이 그의 마음 한편에 자리 잡았다.

• • •

이윽고 한 시간이 지나자 만과 곶은 결국 무장 해제된 중립

지역과 만났다. 프로펠러는 전속력으로 돌아가고 있었다. 하지만 앞에 있는 각각의 지점이 알 수 없는 위협감을 안겨주었다.

아직 1,000km나 더 남은 상황. 이 거대한 테이블보를 자기 쪽으로 끌어당겨야 한다.

무전: 여기는 포르에티엔. 쥐비 곶에 알림. 우편기 16시 30분에 무사히 도착함.

무전: 여기는 포르에티엔. 생 루이에 알림. 우편기 16시 45분에 출발했음.

무전: 여기는 생 루이. 다카르에 알림. 16시 45분 포르에티엔발 우편기는 야간 속항시킬 예정.

동풍이 분다. 사하라 사막 안쪽에서 불어오는 바람이다. 모래가 누런 소용돌이 속에 휩쓸리며 위로 치솟는다. 새벽이 되자 희부연 빛의 탄력적인 태양이 뜨거운 안개에 의해 일그러지면서 지평선 위로 떨어져 나왔다. 희부연 비누거품 같았다.

하지만 점점 더 정점에 달하면서 더욱 수축되고 또렷해진 태양은 이제 타오르는 화살이 되어 불같이 뜨거운 화살촉을 목덜미에 내리꽂는다.

동풍이 분다. 잔잔하고 청명한 대기 속에서 비행기는 포르에티엔을 이륙한다. 하지만 100m 상공에서 이 용암 줄기가 발견된다.

유온(油溫) : 120도.
수온(水溫) : 110도.

2,000m, 3,000m까지 올라가야 함은 물론이다. 이 모래 폭풍을 다스려야 함은 물론이다. 그러나 5분 동안 수직 상승하고 나면, 점화장치와 밸브는 완전히 연소될 것이다. 또한 상승 곡선을 타는 것도 말이 쉽지 여간 어려운 일이 아니다. 이렇게 탄력성이 없는 공기 속에서는 비행기는 고꾸라져 아래로 처박힐 가능성이 높다.

동풍이 분다. 눈을 뜰 수가 없을 지경이다. 태양은 이 누런 소용돌이 속으로 말려 들어간다. 태양의 희부연 얼굴이 이따금씩 고개를 쳐들며 작열한다. 대지는 수직으로밖에 보이지

않는다. 급상승을 하는 건가? 내리박히는 건가? 기울어지고 있는 건가? 도무지 알 수가 없다. 올라간다고 해도 100m 그 이상은 힘들 것 같군. 좋아, 그럼 밑으로 조금 내려가 보자.

바닥에 닿을락말락 한 상태에서 북쪽 강바람이 불어온다. 이 정도면 순조로운 편이다. 동체(動體) 밖으로 손을 내밀어 본다. 쾌속 보트를 타고 달리면서 손가락으로 차가운 강물을 가르는 듯한 느낌이다.

유온 : 110도.
수온 : 95도.

시냇물만큼 시원한가? 정말 그런 것 같다. 기체는 약간 춤을 춘다. 지면의 기복이 생길 때마다 따귀를 후려쳐주는 기분이다. 아무것도 보이지 않아 여간 불편한 게 아니다.

티메리스 곶에 이르렀을 때는 지표면에까지 동풍이 불었다. 그 어디에도 마땅한 피난처가 없다. 고무 타는 냄새가 난다. 자기계의 이상인가? 아니면 접속 부분에 문제가 생긴 걸까? 회전계의 바늘에 주춤하더니 10포인트 뚝 떨어진다. '이제 너까지 말썽을 부리려는 거냐!'

수온 : 115도.

10m도 상승할 수가 없다. 텀블링이라도 타고 올라온 듯 불쑥 나타난 모래 언덕을 곁눈질로 쳐다본다. 기압계도 힐끗 한 번 본다. 점프! 모래 언덕의 충격이다. 조종간을 움켜잡고 부리나케 조종한다. 이런 상태로는 오래 버틸 수 없다. 조심스레 중심을 잡으며 가득 찬 물동이를 이고 가듯 손안에서 비행기의 평형을 유지하려 애를 쓴다.

바퀴 아래 10m쯤에는 모리타니아가 자신의 모래와 염전, 해변을 풀어놓는다. 자갈 돌풍이라도 휘몰아치는 것 같다.

  r.p.m 1520.

첫 번째 에어 포켓(비행기가 하강할 때의 공기 변화지역)이 주먹으로 내려치듯 조종사를 후려친다. 20km만 더 가면 프랑스 기지가 있다. 있는 것이라곤 그거 하나다. 그곳까지 가야 한다.

  수온 : 120도.

모래 언덕, 바위, 염전이 빨려 들어간다. 모든 게 압연기에 휘말려 들어가는 것 같다. 계속 가라! 주변이 넓어지고 활짝 열렸다가 다시 좁아진다. 바퀴가 닿을락말락 하고 있다. 끝장이다. 저기 촘촘하게 들어서 있는 검은 바위들이 서서히 다가오는 듯하다 갑자기 위로 솟구친다. 그 위로 날아올라 바위를 흩뜨려 버린다.

  r.p.m. 1,430.

'얼굴 날아갈 뻔했군……'

손에 닿은 철판이 뜨겁게 달아올랐다. 라디에이터는 거칠게

김을 내뿜는다. 짐을 너무 많이 실은 배처럼 비행기가 가라앉고 있다.

r.p.m. 1,400.

바퀴 아래로 20cm쯤에서 모래가 그에게까지 튀어 올라 재빠른 삽질을 하는 것 같다. 모래 언덕을 하나 넘자 저기 기지 하나가 보인다. 하느님, 감사합니다! 베르니스는 엔진의 스위치를 눌렀다. 아무래도 이 상황에서는 엔진을 꺼야 할 것 같았다.

빠르게 지나가던 풍경이 서서히 멈춰지며 완전히 정지했다. 먼지투성이의 세상이 만들어지고 있다.

• • •

사하라의 프랑스군 초소 앞. 나이가 지긋한 중사 한 명이 형제를 만난 듯이 기쁘게 웃으며 맞아주었다. 20명 남짓한 세네갈 군인들이 '받들어 총'의 자세를 취했다. 백인이라면 적어도 중사 아니, 비록 나이가 젊다고 해도 중위는 되었을 것이다.

"안녕하십니까, 중사님!"

"어서 오시오, 매우 반갑습니다. 저는 튀니스 출신입니다······."

중사는 자신의 어린 시절이며 추억들, 자신의 속마음에 이르기까지 두서없이 베르니스에게 쏟아놓았다. 작은 테이블 하나가 놓여 있고 벽에는 몇 장의 사진이 붙어 있다.

"이건 친척 어른들 사진입니다. 나는 그들을 다 알지는 못하지만, 내년에는 튀니스에 갑니다. 저건 내 친구의 애인이지요. 그 친구는 테이블에 저 사진을 올려놓고는 입만 열었다 하면 그녀 얘기를 했었죠. 그랬는데 그가 죽어버렸어요. 그러고 나서 내가 그 사진을 가져오게 된 것이지요. 나는 애인이 없었거든요······."

"중사님, 목이 좀 마른데요."

"그럼 이걸 드셔 보시지요. 내가 포도주를 대접할 수 있어서 기쁘군요. 대위님이 다녀가셨을 때는 포도주가 없었거든요. 벌써 다섯 달이나 됐군요. 그 일이 있고 나서 죽 마음이 울적했어요. 오죽했으면 전속 요청까지 했었는데 어찌나 부끄럽던지······ 내가 여기서 뭐 하고 지내느냐고요? 매일 밤 편지를 쓰는 일이지요. 밤에는 통 잠을 이루지 못해요. 초를 몇 개 켜놓고 쓰지요. 하지만 반년에 한 번씩 이곳에 우편기가 편지를 싣고 오면, 그전에 써놓았던 편지는 답장으로 보낼 수가 없게 되지요. 그래서 때마다 다시 써야만 하죠."

베르니스는 중사와 함께 담배를 피우기 위해 초소의 발코니로 올라갔다. 달빛이 비치는 사막은 너무도 공허해 보였다. 중사는 이 초소에서 무엇을 감시할 수 있을까? 아마도 별 아니면 달이겠지…….

"별들의 중사님이시군요?"

"담배는 얼마든지 있으니까 사양 말고 태우세요. 대위님이 왔을 때는 담배도 떨어졌었지요."

베르니스는 곧 그 중위와 대위에 대한 모든 것을 알게 됐다. 그는 중위와 대위의 유일한 단점과 장점 하나씩은 열거할 수 있었다. 한쪽은 너무 즐기는 사람이었던 반면, 다른 한쪽은 너무 사람이 좋다는 것이었다. 그는 또한 모래 한가운데에 동떨어져 있는 늙은 중사에게 어느 젊은 중위가 찾아왔던 일이 거의 사랑에 가까운 추억이었음을 알게 됐다.

"그분은 제게 별에 대해 가르쳐주었지요……."

"예, 당신에게 별들을 맡긴 셈이로군요."

베르니스가 말했다.

이제는 중사가 자기 차례이기라도 하듯 별에 대해 설명해주었다. 거리라는 것에 대해 알게 된 중사에게 있어 튀니스는 멀리 떨어져 있는 곳이었다. 중사는 북극성에 대해 가르쳐주며 자신이 이를 알아볼 수 있다고 장담했다. 항상 북극성을 자신의 왼쪽에 두면 된다는 것이다. 이제 그에게 튀니스는 그리 멀지 않은 곳처럼 느껴졌다.

"우리는 현기증이 날 정도의 속도로 이 별들을 향해 떨어지고 있는 거지요……."

중사는 벽에 잠시 몸을 기댔다.

"당신은 모르는 게 없군요!"

"그렇지 않습니다, 중사님. 어떤 중사님 한 분이 이렇게 말한 적도 있어요. '훌륭한 가문에 교육을 많이 받은 분인데도 뒤로 돌아, 하나 제대로 못 하다니, 부끄럽지도 않습니까?' 하고 말입니다."

"아니, 그것은 전혀 부끄러워할 일이 아니죠. 뒤로 돌아, 그거 쉬운 것은 아니지요."

그는 베르니스를 위로해 주었다.

"중사님, 중사님의 둥근 등불이 저기 있군요……"

베르니스가 달을 가리켰다.

"중사님, 혹시 이 노래 아세요?"

'비가 오네, 비가 오네, 양치기 소녀여……'

그는 작은 소리로 흥얼거렸다.

"아, 그 노래, 알고말고요! 튀니스에서 부르던 노래인걸요."

"중사님, 그다음은 뭐지요? 생각이 잘 나지 않아서……"

"잠깐만요……"

'너의 흰 양들을 몰고 돌아가거라. 저기 저 초막 속으로……'

"중사님, 이제야 생각이 나네요."

'잎이 무성한 나뭇가지 아래서 나는 물소리를 들어보렴. 세찬 소리를 내며 흘러가는 저 물소리를 이제 곧 거센 비 쏟아지려니……'

"아, 맞았어요, 맞아요."

중사가 말했다. 그들은 같은 기분을 맛보고 있었다.

"날이 밝아오는군요, 중사님. 이제 일을 시작해야겠죠."

"그럼 물론이지요."

"점화플러그의 스패너 좀 주시겠어요?"

"그럼요, 물론 드려야지요."

"이제 핀셋으로 여기를 눌러주세요."

"말씀만 하세요. 무엇이든 할 테니까요."

"보시다시피, 중사님. 별것 아니었네요. 이제 떠날 수 있겠어요."

중사는 어딘가에서 왔다가 이제 다시 날아가 버리려 하는 그 젊은 신(神)을 바라보았다. 그는 중사에게 노래 한 곡과 튀니스와 그 자신을 다시금 생각하게 해주려 내려왔던 것이다. 사막 저 너머 어느 낙원에서 저렇게 아름다운 전령들이 소리도 없이 찾아왔던 것일까?

"안녕히 계십시오, 중사님."

"안녕히 가십시오……."

중사는 자신이 무슨 말을 하는지도 모르는 채 무의식중에 입술을 움직였다. 중사는 앞으로 6개월간 지속될 이 사랑을 가슴속에 담아두었다는 말을 어떻게 표현해야 할지 몰랐다.

7.

무전: 여기는 세네갈의 생 루이. 포르에티엔에 알림. 우편기는 생 루이에 도착하지 않았음. 속히 연락 바람.

무전: 여기는 포르에티엔. 생 루이에 알림. 어제 16시 45분 출발 이후 아무 소식 없음. 즉시 수색하겠음.

무전: 여기는 세네갈 생 루이. 포르에티엔에 알림. 632호기, 7시 25분, 생 루이 출발. 그 비행기가 포르에티엔에 도착할 때까지 수색대 파견 보류 바람.

무전: 여기는 포르에티엔. 생 루이에 알림. 632호기, 13시 40분 무사히 도착. 조종사는 시계(視界)가 충분하였으나 아무것도 발견하지 못했다고 함. 우편기가 정상 코스를 택했다면 발견했을 것이라는 조종사의 의견임. 철저한 수색을 위해 새로운 조종사가 필요함.

무전: 여기는 생 루이. 포르에티엔에 알림. 오케이. 즉시 명령을 내리겠음.

무전: 여기는 생 루이. 쥐비에 알림. 프랑스발 남아메리카행 우편기 소식 없음. 포르에티엔에 전달 바람.

쥐비.
정비사 한 사람이 돌아와 나에게 말했다.
"앞쪽 좌측에는 물, 우측에는 식료품을 저장해 두었습니다. 뒤쪽에는 예비바퀴와 구급상자를 준비해두었습니다. 10분 내로 준비 완료하겠습니다."
"좋소."

나는 메모판을 끌어당겨 몇 가지 지시사항을 기입했다.

'내가 없는 동안 매일 일지를 기록할 것. 무어인들 급료는 월요일에 지불할 것. 빈 통들은 범선에 실을 것.'

나는 창턱에 팔꿈치를 괴고 내다보았다. 한 달에 한 번 우리에게 신선한 음료수를 보급해주는 범선이 파도 위에서 가볍게 흔들리고 있었다. 그 광경은 매력적이었다. 범선은 나의 사막에 약간의 활기와 신선함을 전해준다. 나는 비둘기의 방문을 받은 방주 속의 노아와 같은 기분이다.

비행 준비가 완료되었다.

무전: 여기는 쥐비. 포르에티엔에 알림. 236호기, 14시 20분, 포르에티엔으로 출발.

백골들은 대상(大商)들이 지나다니는 길의 표지판이 되고, 우리의 항로는 추락한 비행기 몇 대가 알려준다.

'보자도르의 비행장까지는 아직 한 시간이 넘게 남았다……'

무어인들에게 약탈당한 기체의 잔해들, 그것이 푯말이다.

모래 위를 날아서 1,000km, 그러면 포르에티엔에 도착한다. 사막 한가운데 4채의 건물이 보인다.

"자네를 기다리고 있었네. 해가 남아 있을 때 떠나려면 이륙을 서둘러야겠어. 한 대는 20km로 해안선을 따라가고, 다른 한 대는 그 위에서 50km로 비행하게. 밤이 되면 초소를 기항지로 삼기로 하지. 자네, 비행기를 바꿔 타지 않겠나?"

"그래야겠네, 밸브가 좋지 않아."

우리는 신속히 비행기를 갈아타고 출발했다.

• • •

아무것도 아니었다. 거무스름한 바위에 불과했다. 나는 계속해서 이 황량한 사막을 밀고 지나간다. 검은 점을 볼 때마다 긴장된다. 그러나 모래는 내게 검은 바위들밖에 굴려 보내지 않는다.

이제는 동료들이 보이지 않는다. 그들은 이륙하여, 하늘 어디엔가 자신들의 담당구역에서, 솔개 같은 인내력으로 하늘을 날고 있을 것이다. 이제 더 이상 바다도 보이지 않는다. 들끓는 도가니 위에 서 있는 것과 같은 나에게 생명체라고는 아무것도 보이지 않는다. 내 심장이 마구 뛰기 시작한다. 저기 잔해물은 혹시……. 역시 거무스름한 바위였다.

엔진이 흐르는 강물의 요란한 소리를 쏟아내고 있다. 이 쉼 없는 엔진 소리가 나를 둘러싸고 지치게 한다.

베르니스, 나는 자네가 자네의 그 설명할 수 없는 희망에 몰입되어 있는 모습을 종종 보았었지. 이를 말로 뭐라고 옮겨야 할지 모르겠네. 자네가 좋아했던 니체의 말이 떠오르는군.

"짧고, 뜨겁고, 쓸쓸하면서도 행복한 나의 여름."

한참을 찾아 헤맨 탓에 두 눈이 몹시 침침하다. 검은 점들이 눈앞에서 춤을 춘다. 지금 있는 곳이 어딘지도 모르겠다.

• • •

"그럼 베르니스를 봤단 말입니까, 중사님?"
"새벽녘에 다시 떠났어요."

우리는 초소 발치에 앉았다. 세네갈 병사들은 웃고 있고, 중사는 생각에 잠긴다. 환하게 밝은 황혼이지만 아무 소용이 없다.

우리 중에 누군가가 불쑥 말한다.

"만약 비행기가 산산조각이 났다면……. 찾아내기 어렵겠죠……."

"물론이지."

우리 중 한 사람이 일어나 몇 걸음 걷는다.

"아무래도 어렵겠군……. 담배 태우겠나?"

우리는 밤 속으로 빨려 들어간다. 짐승도 사람도 그리고 사물들 모두…….

• • •

우리가 담뱃불을 등불 삼아 밤 속으로 빨려 들어가자, 세상은 자신의 진정한 넓이를 회복한다. 포르에티엔을 찾아가는 동안 대상들은 절로 늙어버리고 만다. 세네갈의 생 루이는 꿈의 변경에 자리하고 있다. 조금 전까지만 해도 이 사막은 아무 신비할 것도 없는 단지 모래밭에 지나지 않았다. 몇 발치 떨어진 곳에는 마을이 있었고, 인내, 침묵, 고독으로 무장한 중사는 자신의 그 같은 미덕이 모두 허망하다고 생각했다. 그러나 지금 하이에나의 울부짖음에 사막은 생기를 되찾고, 동물의 울부짖음에 신비로움이 탄생된다. 무언가 태어나고, 사라지고, 다시 시작되고……

그러나 저 별들은 우리에게 진정한 거리를 알게 해준다. 평화로운 삶과 충실한 사랑, 우리가 몹시 소중히 여긴다고 믿는 애인, 이런 것들에 이르는 길을 북극성은 알려준다.

그리고 남십자성은 보물이 있는 곳을 알려준다.

새벽 3시쯤 되니, 덮고 있는 모직 담요가 얇고 투명한 것처럼 비쳐 보인다. 달의 장난질이다! 나는 얼어붙은 듯한 추위에 잠에서 깨어나 담배를 태우려 발코니로 올라간다. 한 개비, 또 한 개비. 그러다 보면 새벽이 오겠지.

달빛을 가득 받은 이 작은 초소는 잔잔한 수면 위에 떠 있는 항구와 같다. 항해자들을 위한 별들이 무리지어 떠 있다. 우리 세 대의 비행기 나침반은 충실하게 북쪽을 가리키고 있다. 그런데…….

 자네는 지상 위의 마지막 발자국을 남길 곳으로 여기를 선택했던 것인가? 여기는 감각의 세상이 끝나는 곳이네. 이 작은 초소는 부두와도 같은 느낌이지. 이 달빛을 향해 활짝 열려 있는 문턱을 넘어서면 그곳에는 어느 하나 현실적인 것이 없다네.

 얼마나 경이로운 밤인가! 자크 베르니스, 자네는 지금 어디 있는가? 혹시 여기에 있는가? 아니면 혹시 저기에 있는 것인가? 이미 자네의 존재가 얼마나 가냘프게 되었는지 알겠는가? 나를 에워싸고 있는 이 사하라 사막은, 영양의 발자국 외에는 아무런 흔적도 남아 있지 않은 사하라 사막은 지극히 깊게 패인 주름 속에 솜털같이 가벼운 어린 아이의 몸을 간신히 견디어낸다네…….

• • •

중사가 올라와 내 옆으로 다가왔다.

"안녕하십니까?"

"안녕하십니까, 중사님."

그는 귀를 기울이고 있지만 아무 소리도 들리지 않는다. 오로지 침묵뿐이다. 베르니스, 자네가 만들어낸 침묵이네……

"담배 한대 태우시겠습니까?"

"예, 고맙습니다."

중사는 담배를 잘근잘근 씹는다.

"중사님, 저는 내일도 제 동료를 찾아볼 겁니다. 중사님은 그 친구가 어디에 있을 거라고 생각하십니까?"

중사는 자신 있게 지평선 전체를 가리킨다.

잃어버린 아이 하나가 온 사막을 가득 채우고 있다.

베르니스, 자네는 언젠가 나에게 이런 고백을 했었지.

"나는 내가 진정으로 이해할 수 없었던 삶을 좋아했네. 너무 충실하지만은 않은 그런 삶 말이야. 나는 내가 필요로 하는 게 무엇인지조차 잘 모르고 있어. 그건 그저 막연한 동경이었지……"

베르니스, 또 언젠가는 이렇게도 말했었지.

"나는 모든 것들의 이면에 숨어 있던 의미를 알아맞혔네. 노력만 하면 그게 뭔지 이해하고, 알고, 또 그걸 밖으로 끄집어

낼 수 있을 것 같았어. 내가 밖으로 끄집어낼 수 없었던 친구의 존재 때문에 나는 혼란스러워졌지."

어디선가 배 한 척이 침몰하고 있는 것 같다. 어디선가 아이 하나가 사그라지는 것 같다. 돛과, 돛대와, 희망의 가녀린 떨림이 바다 속으로 가라앉고 있는 것 같다.

새벽, 무어인들의 목쉰 함성이 들려온다. 그들의 낙타들은 매우 지친 상태로 모래 위에 웅크리고 앉아 있다. 소총 3백 자루를 가진 비적 떼가 몰래 북쪽에서 내려와, 갑자기 동쪽에 나타난 대상(隊商)들을 학살했다고 한다.

이 비적 떼의 이동방향으로 찾아보면 어떨까?

"그럼 부챗살 모양으로 흩어져서 나가보세. 알겠나? 가운데 있는 비행기가 정동(正東) 방향으로 가고……."

시문, 고도 50m부터는 이 바람이 우리를 진공청소기처럼 바짝 말려줄 게야……

● ● ●

 이보게, 자네가 그토록 찾아 헤매던 보물이 바로 여기였단 말인가?

 어젯밤 이 모래 언덕 위에 두 팔을 벌린 채, 얼굴은 저 검푸른 하늘의 물굽이를 향하고, 두 눈은 저 별들의 마을에 고정시켜 누운 자네는 너무나도 가벼웠지…….

 남쪽으로 내려가면서 자네가 얼마나 많은 인연의 끈들을 끊어 버렸는지 아는가? 베르니스, 공기처럼 가벼워진 공중의 그대는 친구 하나 외에는 더 이상 가진 게 없었지. 오직 한 가닥의 거미줄이 간신히 이 세상과 자네를 이어주고 있었네…….

 그날 밤 자네의 몸은 더 가벼워졌지. 자네는 현기증에 사로잡혔네. 머리 위 가장 높은 곳에 있던 별 속에 자네의 보물이 들어 있었지. 이 얼마나 순식간의 일이던가!

● ● ●

 내 우정의 거미줄이 간신히 이 세상과 자네를 이어주고 있었건만, 충직하지 못한 양치기였던 나는 그만 잠이 들고 말았네.

무전: 여기는 세네갈 생 루이. 툴루즈에 알림. 프랑스발 남아메리카행 우편기 티메리스 동쪽에서 발견됨. 부근에 비적 떼가 있는 것으로 추정됨. 조종사는 피살되었고 기체 파손됨. 우편물은 무사함. 우편물 다카르로 공수했음.

8.

무전: 여기는 다카르. 툴루즈에 알림. 우편물, 다카르에 무사히 도착.

생텍쥐페리
Antoine Marie Roger De Saint Exupery

■ 생애와 연보

1900년
6월 29일, 프랑스의 리옹에서 백작인 아버지 장 마리 드 생텍쥐페리와 프로방스 지역 명문가 집안 출신 어머니 마리 브와이에 드 퐁스콜롬브 사이에서 2남 3녀 중 셋째로 출생. 위로는 마리-마들렌(1897년 출생), 시몬(1898년 출생)이 태어났으며, 아래로는 프랑수아와 가브리엘이 태어남. 귀족 출신 집안에서 다섯 형제자매들과 풍족한 생활을 보냄.

1904년
부친인 장 드 생-텍쥐페리, 열차 사고로 사망. 유년시절은 숙모의 저택인 생 모리스 드레망에서 보냄.

1909년(9세)
가족과 함께 르망으로 이사, 10월에 예수회에서 운영하는 생 크루아 학교에 입학.

COURRIER SUD

1912년(12세)
앙베리외 비행장에서 유명한 베르린과 우연한 기회에 비행기를 처음 타 보게 됨. 키엘뵈프 선생에게 처음으로 바이올린 교습을 받음.

1914년(14세)
동생 프랑수아와 함께 빌프랑슈 쉬르 손 시의 몽그레 중학교 입학. 그러나 첫 학기가 끝나자, 다시 스위스의 프리브루에 있는, 마리아니스트 수도회에서 경영하는 중고등학교로 전학해 이곳에서 1917년까지 수학함. 제1차 세계대전이 발발하자 어머니는 앙베리외 역에서 부상병 간호에 종사함.

1917년(17세)
대학 입학 자격시험에 합격함. 여름에 동생 프랑수아 사망. 이 사건은 비극적인 결말로 장식된 〈어린 왕자〉의 모티브가 됨. 10월, 파리의 보쉬에 고등학교로 전학. 후에는 해군사관학교 입학 준비를 위해 루이 르 그랑 고등학교에서 공부함.

1919년(19세)
해군사관학교 입학시험에서 필기는 합격했으나 구술시험에서 낙방함. 생 루이 고등학교를 거쳐 미술학교 건축과 입학.

1921년(21세)
4월, 군에 입대. 스트라스부르 제2전투기 연대 배속. 6월, 모로코 라바트의 제37비행 연대에 배속. 병역을 마치고 그곳에서 조종사 자격증 취득함.

1922년(22세)
1월, 남프랑스의 이스토르로 견습 조종사로 파견됨. 육군항공대 조종병이 되고 하사로 진급. 예비사관 후보생으로 아보르에 가서 예비 소위로 임관.

1923년(23세)
부르제의 제33비행 연대에 배속됨. 그러나 비행장에서 최초의 사고를 당하여 두

개골 골절. 3월, 예비역 중위로 제대.(공군에 머무르려고 했으나 약혼녀 쪽의 반대로 이루지 못함.) 곧 약혼 취소. 부르통 타일 제조 회사의 제품 검사원으로 일하면서 시와 소설 습작에 몰두함.

1924년(24세)
소렐 자동차 회사에 입사. 2개월 연수 뒤에 몽뤼송 지역의 대표 판매원 됨. 18개월 동안에 판 차는 트럭 한 대가 전부였고, 주로 글 쓰는 일에 전념함.

1925년(25세)
사촌 누이 이본 드 레트랑주의 살롱에서 장 프레보, 지드 등을 알게 됨. 장 프레보는 잡지 〈은선(銀船)〉지의 편집장으로 생텍쥐페리가 작품을 발표하는데 많은 도움을 줌.

1926년(26세)
〈은선〉지 4월호에 단편소설 〈비행사〉 발표. 이는 그의 처녀작인 〈남방 우편기〉의 초고가 됨. 봄에 자동차 회사에 사표를 내고 프랑스 항공 회사에 입사함. 10월, 보쉬에 고등학교의 스승인 쉬두르 신부가 추천해 줌으로써 라테코에르가 설립한 항공 회사의 총지배인 레포 드 마시미를 알게 됨. 함께 일할 것을 권유받음. 그 무렵은 디디에 도라를 중심으로 정기 항공로가 개발되고 있을 때였고, 그는 조종사로 일할 것을 원했지만, 정비사로 채용됨.

1927년(27세)
툴루즈-카사블랑카 간, 다카르-카사블랑카 간 정기 항공기편의 조종사로 우편 비행 담당함. 10월, 중간 기착지인 스페인령 사하라 쥐비 곶의 비행장 책임자로 임명되어 파견 근무. 18개월 동안 스페인 및 불귀순 무어인과의 외교적 임무 수행과 동료 비행사들의 비행사고 구조를 위해 적극적으로 활동함. 〈남방 우편기〉 집필.

1929년(29세)
3월에 〈남방 우편기〉 원고를 가지고 귀국함. 사촌 누이의 살롱에서 알게 된 작가들을 통해 출판사와 연결됨. 이때 인연을 맺은 출판사 사장 가스통 갈리마르와 7편의 소설 계약. 〈남방 우편기〉 출간. 동료 메르모와 기요메에게서 함께 일하자는 요청을 받고 부에노스아이레스로 감. 여기서 아르헨티나의 아에로포스탈 항공 회사 지배인 직책 맡음. 〈야간 비행〉 집필 시작.

1930년(30세)
6월 13일, 안데스 산맥에서 행방불명된 가장 친한 동료 기요메를 찾기 위해 5일간 수색 비행. 쥐비에서의 공로로 레종 도뇌르 훈장 받음. 11월, 친구 소개로 훗날 그의 아내가 된 스페인 여성 콘수엘로 순신과 알게 됨. 〈야간 비행〉 시나리오 썼으나 상연되지는 못함.

1931년(31세)
앙드레 지드의 서문을 붙여 〈야간 비행〉 출간. 3월, 콘수엘로 순신과 결혼. 5월, 카사블랑카, 포르에티엔 간을 야간 비행하여 프랑스와 남미를 연결하는 항로 개척. 12월, 〈야간 비행〉으로 페미나 문학상 수상. 〈야간 비행〉 영역판으로 출간되는 한편, 미국에서 영화로 만들어짐.

1933년(33세)
전 항공사가 통폐합 되면서 〈에어 프랑스〉 항공 회사 창립. 이 회사에 입사하지 못하고 라테코에르 비행기 제조 회사의 시험 비행사로 근무. 11월, 상 라파엘 만에서 수상 비행기 시험 비행 중 두 번째 사고를 당함.

1934년(34세)
4월, 〈에어 프랑스〉에 입사. 유럽의 여러 나라뿐만 아니라 북아프리카 등으로 다니며 연수 및 강연 여행을 함. 7월, 사이공으로 출장 비행을 하다가 메콩 강 하류에 불시착, 부상당함. 이 무렵 에딩턴, 존스 등과 같은 과학자의 저서를 읽음. 착륙 장치를 개발하여 특허를 받는 등 그 후에도 발명을 계속하여 12개의 특허를 받음.

1935년(35세)
4월, 〈파리 스와르〉 지의 특파원으로 모스크바에 파견되어 1개월간 체류하면서 르포 기사 연재함. 후에 〈인생의 의미〉로 출간됨. 12월, 기관사 프레보와 함께 파리와 사이공 간의 비행 기록 경신 수립을 위해 장거리 비행 시도, 리비아 사막에 불시착. 닷새 동안의 고투 끝에 한 대상(隊商)에 의해 기적적으로 구조됨.(이때의 체험이 〈인간의 대지〉와 〈어머니께 보내는 글〉에 기술됨.)

1936년(36세)
알렉산드리아로 돌아온 그는 8월, 스페인 내전을 취재하기 위해 〈랭트랑지장〉 지 특파원으로 바르셀로나에 파견. 동료 메르모가 남대서양에서 순직함.

1937년(37세)
〈파리 스와르〉 지 특파원으로 마드리드에 파견되어 에스파냐 내란 취재. 9월, '시문' 기로 뉴욕에서 아메리카 남단, 태르 드 푸에고 섬 간의 비행 항로 개척. 〈마리안〉 지에 〈아르헨티나의 왕녀〉 발표함.

1938년(38세)
2월 15일, 뉴욕과 남미 대륙 최남단까지의 장거리 시험 비행 도중 과테말라 공항에서 이륙 중에 속도 상실로 추락, 수일 동안 의식 불명이 될 정도로 중상을 당함. 3월, 귀국 후 스위스와 남프랑스 등지에서 요양. 〈인간의 대지〉 집필. 아내와 별거 시작. 7월, 뉴욕으로 건너가 영문 번역자에게 〈인간의 대지〉 원고 제1부 넘김.

1939년(39세)
1월, 프랑스 국민훈장 수여. 2월, 갈리마르 출판사에서 〈인간의 대지〉 출간. 4월, 이 작품으로 아카데미 소설대상 수상. 미국에서는 〈바람과 모래와 별들〉이라는 제목으로 번역, 출판되었고, 뉴욕에서는 '이 달의 양서'로 선정됨. 뉴욕에서 다시 귀국, 제2차 세계대전 발발로 다시 대위로 소집되어, 오르콩트 2-33 정찰 비행단에 배속. 전투 조종사로 복무하면서 〈어린 왕자〉 초안 집필.

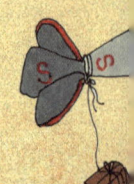

1940년(40세)
5월 22일, 아라스 지구 정찰 비행. 6월 20일, 보르도에서 알제리까지 기재를 수송하는 임무 수행. 8월 5일, 동원 해제. 마르세유로 돌아와 아게에서 〈성채〉 집필 시작. 11월 27일, 친구 앙리 기요메가 비행기에서 격추당하여 사망.

1941년(41세)
1월, 뉴욕에 도착해 정착함. 캘리포니아에서 외과수술 받음. 프랑스인의 분열에 대해 고뇌하면서 〈전시 조종사〉 집필.

1942년(42세)
2월 12일, 〈전시 조종사〉가 〈아라스 지구 비행〉이라는 제목으로 뉴욕에서 출판되어 베스트셀러가 됨. 독일 점령 당국에서 판매금지 조치함. 5월, 캐나다로 강연 여행. 11월 6일, 연합군의 북아프리카 상륙작전 성공으로, 다시 알제리의 2-33 비행단에 단 5회만 출격한다는 조건으로 복귀함. 〈프랑스인에게 고한다〉라는 글을 써서 발표함으로써 프랑스인의 단결 호소. 11월, 〈전시 조종사〉 파리에서 출판됨.

1943년(43세)
2월, 〈어느 볼모에게 보내는 편지〉 뉴욕에서 출간. 4월, 〈어린 왕자〉 출간. 5월, 알제리 우지다 기지에서 미군 사령관 휘하의 2-33 정찰 비행대에 복귀. 라이트닝 P38형기에 배속됨. 6월, 소령으로 승진. 7월, 조국 프랑스 프로방스 지방의 사진 촬영 정찰 비행으로 출격했다가 아게 상공에서 착륙에 실패하는 등 두 번의 사고 당함. 8월, 이것을 빌미로 미군 당국은 연령 제한을 들어(35세) 그를 예비역으로 편입시킴. 원대 복귀를 기다리며 우울한 나날 속에서 〈성채〉 집필.

1944년(44세)
5월, 원대 복귀가 실현되어, 제31폭격 비행대대 사령관 샤생 대령이 그의 부대 배속을 승인함. 2-33 정찰대대에 복귀. 6월과 7월 사이에 9차례에 걸친 프랑스 본토를 고공 촬영하기 위해 정찰 비행. 7월 31일 오전 8시 30분, 코르시카 섬 보

르고 기지를 휘발유 6시간 분량으로 이륙. 오후 2시 30분, 그가 몰고 떠난 라이트닝 P38형기 행방불명됨. 독일 전투기에 의해 지중해에서 격추된 것으로 추측. 11월 3일, 프랑스 정부 수훈장 추서. 1935년부터 씌어진 작가 수첩 〈사색 노트〉 출간.

이 외에도 파리의 NRF 출판사에서 펴낸 〈성채〉와 1923년부터 1931년까지 쓴 서한집 〈젊은이에게 보내는 편지〉, 〈어머니에게 보내는 글〉이 출판되었는데 〈어머니에게 보내는 글〉은 생텍쥐페리의 사후에 그의 어머니 J. M. de Saint Exupery가 서문을 달아 출판했음. 1940년부터 1944년까지 집필한 수상집 〈인생의 의미〉가 유고집으로 출간됨.

옮긴이의 글.

생텍쥐페리의 소설은 소설과 수필의 모호한 경계를 넘나든다. 소개되는 일화들이 가공의 에피소드가 아닌 탓도 있겠고, 작품 전반에 걸쳐 인간과 사물의 본질을 추구하는 작가 자신의 철학이 짙게 배어 있기 때문이기도 하다. 소설이라고 해도 때로는 수필에 가까울 정도로 성찰적인 면모가 두드러지기도 한다. 그의 처녀작인 '남방 우편기' 역시 소설이라고 하기에는 수필적인 면모가 많은 것이 사실이나, 하늘에서 내려다보는 관조적 시각을 바탕으로 인간 및 인간 사회에 대한 성찰을 주로 다룬 다른 작품과는 다르게 이 작품에서는 유독 주인공의 '연애' 이야기가 다뤄지고 있다. 하여 이번에 번역한 전집 가운데 '소설'의 맛이 가장 많이 느껴졌던 작품이기도 하다. 길을 떠난 주느비에브와 베르니스가 빗속에서 하룻밤 묵어갈 호텔을 찾아 헤매는 대목에서는 얄궂은 운명이 느껴지면서 애틋함마저 배어났다. 작품 전반에 걸쳐 두 사람의 안타까운 사랑의 단편적인 면모가 조금씩 드러나고 있지만, 이 대목에서는 두 사람 사이에 금방이라도 끊어질 듯 가느다란 인연의 고리가 느껴지면서 안타까움을 더해준다.

하지만 작품 전반에 걸쳐 나타나는 중심 생각은 역시나 다른 작품들과 마찬가지로 눈에 보이지 않는 '만물의 본질과 의미', 무언가를 내게 의미 있는 것으로 만들어주는 그 무엇, 이 세상 어딘가에 묻혀 있어 그 존재만으로도 내가 보는 이 세상을 풍요롭게 만들어주는 나만의 보물, 사막 한가운데 내버려진 인간의 고독, 속이 비어 있지 않은 진실됨, 고독한 인간을 또 다른 고독한 인간에게 이어주는 관계의 끈이다. 그의 작품 전체를 관통하는 이 주제들은 '남방 우편기' 내에서도 어김없이 드러난다. 아이가 죽고 난 뒤 주느비에브의 감정 상태는 사실 슬픔보다도 상실감이 더 컸다. 그녀는 타인의 동정심을 불러일으키는 슬픔을 내색하지 않았다. 자신의 처지를 위로받고 싶은 생각보다는 자신과 아이 사이에 이어져 있던 끈을 잃어버림으로 인한 허전함이 더 컸던 것이다. 하여 겉보기에 그녀는 아이를 잃은 사람치고는 꽤나 무덤덤해 보이는 인상을 준다. 하지만 그 상실감과 허전함은 슬픔의 눈물이 끌어들이는 타인의 동정심으로는 채워질 수 없는 것이었다. 여기에서 생텍쥐페리 작품 전체를 관통하는 중요한 개념인 '관계의 끈'이 등장한다. 사람과 사람 사이든, 사람과 사물 사이든, 나와 대상을 이어주는 끈이 있기에 그 사람의 죽음도, 사물의 존재도 내 안에서 비로소 의미를 갖게 되는 것이다. 무언가가 내게 의미 있는 것이 되기 위해서는 함께 공유한 시간이든 추억이든, 사물이든, 둘만의 밀어든 둘 사이를 이어주는 끈이 되는 매개체가 필요하다. 상공에서 그 무엇에도 매이지 않은 완전한 자유로운 몸이 되었을 때에 조종사는 두려움과 불안함을 느낀다. 인간을 인간이게 만들어주는 것은 인간을 세상과, 그리고 사람과 엮어주는 구속의 끈이기 때문이다. 물론 이 '소중한 건 눈에 보이지 않는다.' 빈 껍데기를 벗어던진 실체이기 때문이다.

  또한 '남방 우편기'에서 중요하게 등장하는 것이 바로 골동품의 개념이다. 이후 '인간의 대지'에서 '오래된 마루의 삐걱거리는 소리가 만들어내는 아름다움'으로도 그 개념이 이어지는 골동품은 이 사물이 담고 있는 시간의 역사를 대변한다. 골동품을 통해 이어져 내려오는 관계의 생명력, 골동품 안에 내재된 애정과 일화들은 골동품을 낡은 사물이 아닌 생의 자취가 담긴 보물로 만들어준다. 겉으로 보이는 모습이 전부가 아니라는 생각, 그 안에 숨은 본질을 꿰뚫어보아야 한다는 작가의 철학은 이 대목에서도 여실히 드러난다. 모자처럼 보이는 보아뱀 속에 코끼리가 통째로 들어 있는 엄청난 그림과 맥을 같이하는 개념이다. 깨끗한 새집보다 사람의 손때가 묻어 있는 낡은 집에 아이들의 호기심이 발동되는 이유는 오랜 시간 동안 집안에 밴 사람의 자취가 아이들의 상상력을 자극하기 때문이다. 이를 보지 못하는 어른들에게 골동품은 그저 낡은 사물에 지나지 않거나 희소가치가 만들어내는 돈에 불과할 뿐이다.

주느비에브와 베르니스의 애틋한 사랑 이야기, 수천 미터 상공에서 세상과 이어진 끈이라고는 오직 무선사밖에 없는 조종사의 고독함과 더불어 이 작품에서 눈여겨볼 부분이 바로 이상의 두 가지, 바로 '관계의 끈'과 '사물의 본질'이라는 개념이다. 이는 '어린 왕자'를 비롯한 그의 다음 작품으로도 계속해서 이어진다. 역자 또한 번역을 함에, 저자의 감수성을 따라가기란 쉽지 않았다. 다만 누구나 한 번쯤 읽었을 법한 어린 왕자와 동일한 맥락으로 이어지는 '남방 우편기'의 중심 생각을 연결시켜보는 재미가 쏠쏠하다. 작품 '남방 우편기'는 서정적이고 은유적인 문체에 '어린 왕자'보다 '어른스러운' 주제 전개가 가미되어 아마도 한층 고차원적인 매력을 느낄 수 있을 것이다. (물론 개인적으로 더 '어린 왕자'다우면서 더 난해한 작품은 성채라고 생각한다.) 역자가 전집을 번역하면서 느꼈던 어려움과 재미는 아마 독자들에게도 고스란히 전해질 것이다.

-옮긴이 **배영란**

남방우편기

초판 1쇄 인쇄 2008년 11월 25일
초판 1쇄 발행 2008년 12월 01일

지은이 | 생텍쥐페리
옮긴이 | 배영란
발행처 | 현대문화센타
발행인 | 양장목

출판등록 | 1992년 11월 19일
등록번호 | 제3-448호
주소 | 경기도 고양시 일산동구 백석동 1449-5
전화 | 031)907-9690 **팩스** | 031)907-9714
이메일 | hdpub@hanmail.net

ISBN 978-89-7428-340-7(03860)
값 12,000원

잘못 만들어진 책은 구입하신 서점에서 교환하여 드립니다.